文春文庫

女の旅

平岩弓枝

文藝春秋

女の旅　目次

本書は一九八〇年五月に刊行された文春文庫「女の旅」の新装版です。

初出　「旅行読売」一九七五年五月〜一九七六年十月号連載

単行本　一九七六年十一月　文藝春秋刊

女の旅

平泉

A

東京を出発する朝から大雪であった。

今年になって、はじめての雪で、美里《みさと》がカーテンをあけてみた時には、庭で、すでに五センチは積ったようにみえる。

「列車が動くかな」

起きて来なくともいいと、前夜、いっておいたのに、パジャマの上にガウンを重ねて、二階から父の一樹が下りて来た。

五年前に、母の昭子が歿《なくな》ってから、父子二人の生活である。

もっとも、八時になると、近所に住んでいる通いのお手伝いの小母さんがやってくるから、美里が旅に家をあけても、別に困ることはなかった。

「むこうも、雪だろう」

娘がいれたコーヒーを受け取って、窓の外を眺める。

「そりゃ降ってるでしょう、東京でこれだけだから……」

もともと、雪の平泉が見たくて思いついた旅であった。

「気をつけて行けよ、無理をせず、危いと思ったら帰って来い。機会は、まだあるんだ」

小さいボストンバッグを下げて出て行く娘を、父親は門まで見送った。

都会は雪に弱くて、神宮通りまで出てみると、車はよろめきながら徐行している。

美里は地下鉄で上野へ出た。

家から僅か五分ばかり歩いただけなのに、ボストンバッグに雪が積っている。

上野へ行ってみると、列車は定時に出るということであった。

東京の郊外電車はすでに相当、ダイヤが乱れているらしく、この急行に乗るために出て来た人の中には、息を切らしてホームを走って、やっと間に合ったという声が、座席のそこここでしている。

走り出した車窓から、上野の山の吹雪が見事であった。

平泉の中尊寺をみに行こうと思い立った直接の動機は、このところ、仕事で外国へ出る度に、どういうわけか、むこうの旅行社につとめている外国人から、中尊寺に関する質問があいついでいたためである。

美里は昨年、大学を卒業すると同時に、それまでアルバイトをしていた旅行社へ就職した。主な仕事は、外国へ観光旅行に出かけるツアーのコンダクターである。美里は外国語が堪能であった。最も得意なのは英語と仏語だが、ドイツ、スペイン、イタリアと合せて五カ国語をこなせる。若い女性にしては珍らしいことであった。

子供の時から、両親と外国旅行の経験も多いし、大学時代は、日本へ来る外国人の通訳とガイドのアルバイトを今の旅行社でさせてもらって、その金を貯めては、個人でも外国旅行をかなりしている。どちらかというと勉強家で、歴史に興味があり、又、父親が画家だから、美術工芸には、門前の小僧で知識がある。

コンダクターとしては外国人にも日本人にも今のところ評判がよかった。

父親の宮原一樹は一応、日本の画壇では名の通った存在だし、外国に知人も多い。

カズキ・ミヤハラの娘というので、外人から日本の美術、名所旧跡に関する質問を受けることも少くなかった。

美里は京都、奈良、鎌倉にはかなりな知識があったが、平泉の中尊寺に関しては、あまり知らなかった。

旅行好きで、日本のあちこちを連れ歩いてくれた父も、中尊寺附近だけは、美里を伴って行ったことがない。

そういえば、父は東北へ出かけたことがないのではないかと、美里は考えていた。

美里が物心ついてから、父がこっちの地方へ旅行したという話をきいたことがない。

旅行好きの父にしては珍らしいことであった。

どちらかというと、日本の古い民家を素材にした作品の多い人である。外国へ行っても田舎の風景や建物に魅力を感じている。スケッチも多い。

そういう意味では、東北地方は宮原一樹の画材の宝庫になり得る筈なのに、作品にも東北の風景は出て来ない。

偶然か、それとも父になにかの意図があってのことだろうか。

郡山をすぎる頃から、雪がやんだが、仙台に入って、また、ちらつきはじめる。

一ノ関駅には、約三十分遅れての到着であった。

タクシーで、予約しておいた旅館へ行き、荷物をおいて、その車で毛越寺《もおつじ》まで行ってもらった。

山門のところで拝観券を買おうとすると、先客が一人、居た。

半コートにマフラーを巻きつけて、若い女性が出て来た。ガイドをするらしい。

「どうぞ……」

うながされて、美里は歩き出した。先客は美里のあとからついてくる。

山門から本堂へ行く途中の右側に芭蕉の句碑があった。

夏草や、つわもの共が夢の跡、という有名な句が石に刻んであるのだが、石碑は二つ並んでいて、右のが古く、文字も風雪にさらされて消えかかっている。左側のは、あとから、新しく作ったものということであった。

ガイドの説明は早く、碑を眺めている中に本堂へ行ってしまう。美里が追いついて、本尊の薬師如来に合掌していると、早くこっちへ来いとうながす。巡覧のコースがきまっているらしい。美里は慌てて、一度、脱いだフードをかぶりなおした。

「君、帰っていいよ」

いきなり、背後に声がして、美里はふりむいた。山門のところから一緒だった先客で、ガイドに近づいて、もう一度、いった。

「ここからは僕が案内するから、君は帰りなさい」

強い声だったので、ガイドは不服そうに相手をみたが、黙って山門のほうへひき返して行った。

「あの程度のガイドなら、僕のほうが、ずっと、ましですよ」

男が、改めて美里をみた。

「どうして、あんなふうに、変な節をつけて説明をするのですかね。折角の雪景色がだいなしになる」

まだ若い男であった。

男の言葉には、或る程度、同感だったが、勝手なことをする人だという気持もあった。

これからどっちへ行くのか知らないが、雪の道を、見知らぬ男と二人っきりで歩くのは、あまり有難いとはいえなかった。

「ここから、むこうが、毛越寺の有名な庭ですよ。もっとも、今は雪で、池も中島も区別がつきませんがね」

どこも、白一色であった。

平安庭園美の面影を残していると伝えられる池の州浜も石組も雪に埋もれてみるべくもない。

が、それなりに庭は美しかった。

冬の早い夕暮れの中に粉雪が舞って、寂寞とした気配がある。

「あの山、金鶏山というんですが、以前は、あの山がもっと厚みのある感じでした」

むこうに有料道路が出来た際、森の木を伐ってしまって、それが、ここからみる山をうすっぺらな感じに変えてしまったという。

「大変な変り方ですよ」

拝観券を買った場所を山門といっているが。

「あんなものも、ありゃしませんでした。平泉の駅に下りると、道のまっすぐむこうに毛越寺の本堂がみえたんです」

周囲は田と畑のイメージだったと、男はいった。

「いつの話ですか」

うっかり、美里は口をひらいた。本当は、勝手にガイドを返してしまった男の独断を怒っていなければならないところである。

「昭和三十年です」

「それじゃ、変りますわ」

二十年の歳月である。

「しかし、変えないところもありますよ。何十年、何百年経とうが、変えないものは変えないという国だってあるんです」

ここにも外国かぶれがいると美里は思った。

よっぽど、どこの国ですかと訊いてやりたいのを、美里は黙っていた。どうせ、フランスとかスペインとかの名前がかえってくるに違いない。

「あの、芭蕉の句碑だって、もとは衣川《ころもがわ》のほとりにあったそうですよ。坊さんが勝手にここの庭へ移したって話をきいたことがあります」

男が歩き出し、美里がやむなく続いた。

嘉祥寺跡、講堂跡といわれても、なにもかも雪に埋もれている。

それでも一巡して雪の道を歩いてくると、体が熱くなった。

最初、たて続けに喋っていた男は、途中ではあまり口をきかなかった。

時々、立ち止って、雪景色を眺めながら、歩きにくい道を歩いてくる美里の歩調に合せようとする程度である。

「東京ですか」

山門の近くに戻って来た時、男が訊いた。美里はかすかにうなずいた。

「毛越寺は、はじめてですか」

男が、質問を続けようとする雰囲気を、美里は遮った。

「どうも、ありがとうございました。それじゃ、お先に……」

小走りにタクシーへ戻った。運転手がドアをあけてくれる。

流石にちょっと気がひけて、窓からのぞいてみると、男は山門のところに立って、こっちをみているようであった。美里は車の中から、男へ軽く頭を下げた。

そのまま、中尊寺へ廻るにしては、あたりが暗くなりかけていた。

明日は午後の列車で帰京する予定だから、慌てる必要はない。

女の一人旅の時は、なるべく早めに宿へ入るようにしている美里でもあった。

部屋へ案内されると、すぐに東京へ電話をした。

「うちの庭は十五センチも積ってるよ。庭木の雪おろしが大変だった」

これから友人が二、三人、雪見酒を飲みにくる筈だと、一樹は電話口で笑っている。

「鬼の居ない間に」

明日、帰る予定の列車を告げて、美里は電話を切った。

宿の庭も、銀世界であった。

B

翌朝は晴れていた。

「今頃のお天気はあてにはなりませんが……」

食事を運んでくれた宿の女中が、それでもこの分なら、なんとか降らずにすむだろうという。

九時に、昨日のタクシーが迎えに来てくれた。初老の親切な運転手であったので、昨日、宿で下りる時、今朝も来てくれるかと訊ねてみたところ、気持よく引き受けてくれた。

中尊寺をゆっくり観て、そのまま、駅へ行くつもりで、宿の勘定もすませ、荷物も持った。

運転手の話だと、最近は中尊寺の南参道は車が入れるので、そこから金色堂の裏へ抜けるとあまり歩かずにすむという。

少し考えて、美里は、やはり表参道の月見坂の下でおろしてもらった。時間は充分にあるのだから、あまりせっかちな見物はしたくない。

タクシーは町営の駐車場で待ってもらうことにした。

シーズンオフのせいか、月見坂を上って行くのは美里唯一人であった。土産物屋もガラス戸を閉めている。

晴れてはいたが、風は頬を刺すようであった。時折、風が樹上の雪を落して行く。

中尊寺本坊までを、一息に登って、美里は本堂へ参拝した。ここにも人影はない。

雪に埋もれた五輪の塔を右にみて少し行くと鐘楼がある。大晦日の夜、この鐘楼から打ち出される除夜の鐘の音を、美里はテレビで聞いたことがある。

金色堂は、左手の高台にあった。

コンクリートで出来た覆堂《さやどう》の中に、金色に復原された御堂がおさまっている。

藤原清衡《ふじわらのきよひら》が天仁二年に工事を起し、十六年かかって完成したといわれる金色堂は、昭和四十三年に復原修理されて、まだ年月が浅いせいか、金箔が新しく、どこか落つかない感じがある。

東京から持って来た案内書をひろげて、美里は丹念に金色堂をみた。昨夜、宿の部屋でくり返し読んだ説明文だが、やはり、百聞は一見にしかずで、実物を目前にしてみると容易に納得が行く。

外国人というのは、黄金というイメージに、或る種の東洋を感じている人が多く、それで金閣寺とか、この平泉の金色堂に関心を持つ者が少くないらしい。

かなりの時間を、そこで費して、美里は外へ出た。

その右手に経蔵がある。

こちらは覆堂もなく、復原もなしに古びた姿を雪の中にさらしている。

近づきかけて、美里は、はじめて人影をみつけた。

中尊寺の参道へ入ってから、僧をのぞいて、最初にみた参詣客である。

それほど、この雪の境内には人がいなかった。

毛皮の衿のついた灰色のコートに、黒いブーツをはいている。着こなしが日本人ばなれがしていた。

ちょっとみには、外人の女性かと思ったくらいである。

美里の足音で、ふりむいたその人は、軽く目礼をした。美しいひとであった。エキゾティックな容貌が、雪の積った東北の寺と、不思議に調和している。

経蔵をみて、美里は案内図の通りに坂道を上って行った。

そこに金色堂旧覆堂が移されている。

ブーツの足音が上って来た。

「あの、つかぬことをうかがいますけれど」

低い、品のいい声であった。

「この覆堂の場所に、以前、金色堂がございましたのでしょうか」

コンクリートの新覆堂のほうを眺めて訊ねる。

「いいえ、あの……覆堂だけをここに移したので……以前は、今の金色堂のところに、この覆堂がございましたそうですが……」

案内書に、そう書いてあると、美里は答えた。

「そうしますと、金色堂のありました場所は、以前と変って居りませんのですね」

旧覆堂をみ、金色堂をふりむいてみた。

「なんですか、記憶が曖昧で……」

「前に、お出でになったのですか」

女はうなずいた。

「随分、昔のことですの」

あなたは、と訊ねられて、美里は初めてだと答えた。

「変りましたでしょうか、ここも……」

昨日、毛越寺をすっかり変ってしまったといった若い男を思い出しながら、美里は訊ねた。

「いえ……それは変ったところもございましょうけれど……月見坂からの道は、あの通りだったように思いますし……」

なつかしげに、女はあたりを見廻した。

「この前、参りました時は、紅葉がとても美しゅうございました」

会釈をして、女は坂を下りて行った。

美里がみていると金色堂の前から、右の道へ折れて行く。形のいい後姿と、美しい歩き方が、美里の眼に残った。

旧覆堂から西物見のあたりまで行ってから、後もどりをして讃衡蔵へ寄ってみた。

平泉にゆかりの品を集めて陳列してあるのだが、工事中で、それほどたいしたものがあるわけではなかった。

そこから右に下ったところが南参道で、運転手の話では、その裏まで車で上って来られる筈であった。鐘楼のところまで戻ってくると、

「やあ……」

頭上から声がして、石段を男が下りて来た。

昨日の青年で、カメラを持っている。

「又、逢いましたね」

美里が歩き出すと、青年は肩を並べて来た。

昨夜は中尊寺の宿院へ泊ったと問わず語りにいう。

「中尊寺へ来るなら、今日のような日が一番ですよ。春や秋は観光バスが乗りつけてくるし、ゴールデンウィークなんかは、この参道が人で埋まるそうですからね」

今朝から境内を何度となく歩いたが、

「外から来た人間に逢ったのは、あなたが最初ですからね」

それで思いついて訊いた。

「黒いブーツをはいた女性にお逢いになりませんでした。灰色のコートを着た……」

いいや、と青年は答えた。

「お連れですか」

「いえ……偶然、お逢いしたんです、経蔵のところで……私より一足先に下りて行かれたんですけれど……」

「逢いませんよ。それじゃきっと南参道に車を待たせてあったんでしょう」

展望台のところで、青年が足を止めた。

「あそこに光ってみえるのが北上川、その横に流れているのが衣川ですよ」

義経の館のあったのは、あの辺りだと青年は指した。

「その下の道、今、車の走ってくるあたりに、例の芭蕉の句碑があったというんです」

往きに一人で上った月見坂を、帰りは二人で下りることになった。

「一人旅のようだけれど……失恋でもしたんですか」

だしぬけだったので、美里はあっけにとられた。

「あたしが失恋したんですか」

「違いますか、女の人はよく失恋すると旅に出かけるっていうから……」

「別に失恋しなくたって、旅に出ますわ」

「なにかを考える旅ですか」

「特に考えなければならないことってありませんけど……」

月見坂の下に、運転手が立っていた。帰りが遅いので心配してみに来たらしい。

「雪で列車がひどいことになっているようですよ。なんでも、急行が七、八時間も遅れているそうで……運休も出たらしいけども……」

車の中でラジオをきいていたという。

いつの間にか、陽がかげって、風が粉雪を運んで来た。

父と娘

A

ともかくも、タクシーで一ノ関駅へ行くつもりの美里は、月見坂の下で青年と別れた。

彼は今日一日、平泉にいて、明日、盛岡へ行くという。

「なんだったら、あなたも、もう一日、平泉に滞在しませんか」

この先の小さな山へ登ると、そこから見る平泉が如何にも平泉らしいといった。

「どっちみち、駅へ行っても、列車は動かないかも知れませんよ」

「でも、行きます」

「失礼だけど、金ならありますよ。お泊りになるようなら、御用立てしますが……」

「いえ、お金はございます。でも、予定がありますので……」

「そうですか……」

流石に、それ以上は勧めず、青年はタクシーの傍に立って、美里を見送った。

「さよなら、気をつけていらっしゃい」

だが、駅についてみると、美里が乗る予定の特急列車は、まだ盛岡にも到着していない有様で、いつになったら、動き出すのか見当もつかなかった。駅員の説明も曖昧で運休になるのか、遅れて走るにしても、何時になったらこの駅を発車するのか、予想がつかないという。

夕方まで駅にいて、結局、運休ときまったのが六時である。

美里は諦めた。このまま、何時まで駅にがんばっていても、列車が来るあてもなく、来たとしても乗れるかどうかわからない。

駅前からタクシーを拾って、昨夜の旅館へ戻ってみた。帖場でわけを話すと、幸い、部屋はあいていて、

「そりゃまあ、大変でしたね」

昨夜の女中が、案内してくれる。

旅館から、すぐに東京の家へ電話を入れた。父の一樹は、娘の電話を予想していたようであった。

「そりゃ、もう一晩、泊りなさい。無理して帰ることはない。金はあるだろうね」

「大丈夫。明日、一番、早い特急で帰りますから……」

「ま、気をつけて帰っておいで……」

東京の雪は、もう解けてしまって、僅かに庭の北側に残っているだけだという。

「春の雪だ。大雪のようでも、あっけないものだよ」

昨夜に続いて、一人っきりの夕食をすませて、美里はロビイへ出てみた。

シーズンオフで割合にすいているらしい旅館のロビイは閑散としていて、土産物売場に若い男女が一組、東北の民芸品をえらんでいる。

「そこに、大きな藤棚がございますでしょう。花の季節には、それは見事で、外でバーベキュウなどを致しますんですよ」

背後に声がして、客が一人、やはりロビイへ出て来たようである。ついて来た客室係が、庭の藤棚を指して教え、客はうなずいてロビイのソファにすわった。黒いパンタロンに黒いブラウス、黒い洒落たストールを羽織っているその女性に、美里は見おぼえがあった。

今朝、平泉で逢った灰色のコートの女である。むこうも、美里に気がついたようであった。

「あなたも、ここにお泊りだったの」

会釈されて、美里は近づいた。

「昨夜一泊のつもりでしたけれど、列車が運休なので……」

「私は仙台から飛行機の予定でしたの。途中の道路が雪で……結局、間に合わなくなって引返しましたの」

おかけなさいと、美里にいい、その女性はコーヒーを二つ、注文した。ロビイへ運ばせるらしい。

「東京ですか、お住いは……」

長い指で、ハンドバッグの中からシガレットケースを取り出しながら訊く。

「はい」

「学生さん……？」

「いいえ、勤めて居ります」

コーヒーが運ばれて来た。

「どうぞ……」

勧められて、美里はいくらか当惑しながら、礼をいった。遠慮をしては、この場合、失礼に当りそうであった。

「お勤めは、どちら……」

女の問いは、ややしつっこい感じだったが、美里も、この相手には、下手にかくし立てするつもりはなかった。同性だし、遥かに年長者でもある。

「ああ、ごめんなさい。私、深沢といいますの」

気がついたように、バッグから名刺を出した。

深沢亜稀子の名が横書きで、裏を返すと、ローマ字の姓名の右下に書いてある住所はニューヨークであった。

「ニューヨークにお住いなのですか」

いささか驚きながら、慌てて美里も名刺を出した。

今の旅行社に勤めた時に、会社が作ってくれたものである。

「宮原、美里さん……」

姓と名をいくらか間隔をおいていい、深沢亜稀子は、改めて美里をしげしげとみた。

「旅行社へおつとめなのね」

名刺は会社のもので、書いてある住所は旅行社のオフィスであった。

「事務ですか」

「いえ、コンダクターの見習のようなことをして居ります」

謙遜して、美里はいった。

「旅行の添乗員です」

説明のつもりでつけ加えた。

「そう、あなたのようなお若い方が……」

国内ですか、と訊ねられて、美里は国内の場合は、外国人旅行客のガイドだと答えた。

「そうすると、日本人の外国旅行にもついていらっしゃるわけ……」

「はい」

「それは大変ね。外国は今までに、どちらへいらっしゃいましたの」

「主としてヨーロッパが多うございました。パリ、ロンドン、ローマ、マドリッドを中心として郊外を廻るツアーなどです」

「アメリカへは……」

「西海岸だけです。ハワイと……」

「ニューヨークには」

「まだ、行ったことがありません」

深沢亜稀子が、もう一度、美里の名刺をみた。

「御両親は……」

「母は先年、歿りました。父は元気でございます……」

相手は黙った。なにかを考え、迷っているような眼の色であった。

どういう人だろうと、美里もひそかに相手を観察した。

日本人で海外に居住している人間は少くないが、この女性の場合はニューヨークに定住しているらしい。

外国にも家を持ち、日本の家と行ったり来たりしているのなら、日本の住所も名刺に書いてありそうである。それがないのは、むしろ、ニューヨークのほうが、常の住いということになりそうであった。

みなりからいうと、かなりの金持に違いなかった。

何気なく着こなしているパンタロンとブラウスも高価なものらしいし、バッグはパリのサントノーレの高級店の品物である。

指には大きなエメラルドが輝いているし、ホワイトゴールドのネックレスとブレスレットも見事なものであった。

「宮原さんは……」

思い切ったように、女が口をひらいた時、女中が呼びに来た。電話がかかっているらしい。

「ロビイのほうへお廻ししましょうか」

というのを、深沢亜稀子は断って、慌てたように、部屋へ戻って行った。

あとには、かなり強いフランス香水の匂いが残っている。

肩で軽く息をついて、美里は部屋へ引き揚げた。ロビイはかなり冷えている。

翌朝は七時に朝食を頼んだ。

食膳を運んでくれた女中が、

「お客さんが昨夜、ロビイで話をなさったお客さんは、昨夜、あれからお発ちになりましたよ」

「あれから……」

美里は驚いた。

そんな時間に列車が動いていたのだろうかと思う。

「車で東京までお帰りになるそうですよ」

ハイヤーの運転手が呼ばれて、深夜の雪道をとばして行ったという。

そんなにしてまで帰らねばならなかった理由は旅館側もわからないらしい。が、美里とロビイにいた時にかかって来た電話のためだとは、およそ、推量出来た。

「どういう人でしょうかねえ」

女中の好奇心は、そのまま美里の好奇心でもあったが、深沢亜稀子の名と、ニューヨークの住所だけでは、想像し切れない。

美里は黙々と、熱い味噌汁を飲んだ。

B

平泉の旅から帰って一週間後に、美里は、東南アジアへ団体客をエスコートして行く仕事がひかえていた。

およそ十日ばかり、老年の客の多い三十名ばかりのグループのお供は、なにかと煩雑で気骨の折れる旅であった。

帰って来てみると、ボストンから日本の桜を見物に来る夫婦に、ガイドとして三日ばかりつき合ってくれないかと、上役の金田課長からいわれた。

「実はK航空の前島部長の知人なんだそうだ。前島さんが、特に君を名指して、ガイドを頼むといわれてね。疲れているところを、まことに申しわけないけれども……」

そういわれると、いやともいえず、美里は指定の日の九時に帝国ホテルへ、その夫婦を迎えに行く約束をした。

渡されたスケジュール表をみると鎌倉を案内するようになっている。

その朝は早起きして、昨夜、用意しておいた材料で三人前の弁当を作った。

歿った母が料理上手だったから、美里も子供の時から、まず、味をおぼえ、手伝いをして調理法を学んで、別に料理学校へ行ったわけでもないのに、料理のレパートリィは広いほうである。

卵の厚焼に鳥の唐揚げ、くらげと胡瓜の胡麻和えなどを手ぎわよく詰め合せ、小さな握り飯は一つずつ銀紙にくるんだ。

「なんだ、まるで遠足だな」

起きてきた一樹が台所をのぞいて笑った。

「弁当の用意までするんじゃ、ガイドも楽じゃないな」

「鎌倉には、いくらもいいお店があるから、こんなことをする必要はないんだけれど、お天気もいいし、もしかして、お客様の御希望があれば、滝沢さんの工房へ御案内するかも知れないから……」

滝沢三郎というのは、宮原一樹と親交のある鎌倉在住の陶芸家であった。

「滝沢君に逢ったら、よろしくいってくれ。陽気もよくなったんだ。たまには東京へ出てくるようにとね」

帝国ホテルへは、地下鉄で十五分もかからない。

九時五分前までロビイで待って、部屋へ電話を入れると、夫婦はやがて下りて来た。

どちらも五十をすぎた、感じのいい夫婦である。

昨日は、K航空の前島部長に招待されて、その席であらかじめ、美里のことをきかされていたようである。

鎌倉までの途中で、美里はおおよそ鎌倉の歴史を、わかりやすく、要領よく説明した。

ジュッセンというこの夫婦は、かなり日本に関する知識がある。訊ねてみると、日本へ来たのは、これが三度目ということであった。裕福な実業家で、奥さんのほうは日本の美術工芸に関心が深そうである。鎌倉はこの陽気にしては人の出がそれほど多くなかった。

北鎌倉の東慶寺から、美里はガイドをはじめた。

俗に、かけこみ寺といわれるこの尼寺が、昔、夫にしいたげられても女のほうから離婚の出来なかった日本の女が、夫から逃れるために、この寺にかけ込み、ここで一定の期間、尼の修業をすることで、やっと別れることが出来たのだという話をすると、アメリカの夫婦は非常に興がった。逃げてくる女に追手が来て、門前で追いつかれそうになっても、履物を門の内へ放り込めば、追手はもはや手の下しようがなく、女は門の内へ入ることが出来るというエピソードにも驚いている。

北鎌倉から鶴ヶ岡八幡宮へかけての道は春らしい陽ざしがあたたかで、道の傍にはタンポポやすみれも咲きはじめていた。

この近くに、日本の秀れた陶芸家がいて、自分の父の知人なので、興味があるようなら工房を訪ねることが出来るがというと、夫婦は非常な興味をしめした。是非、案内してくれという。

瑞泉寺に近い滝沢家の門前には、桜が三分咲きであった。

白く、こぶしの花も咲きかけている。

「やあ、美里ちゃん」

ベルを鳴らすと、ドアをあけて、滝沢三郎の三男に当る六郎が出て来た。

美里の背後のジュッセン夫婦に、英語で愛想よく挨拶をする。

「美里ちゃんのパパから電話があってね、おそらく、寄るだろうから、よろしくって……」

工房への案内は、六郎が先に立った。

滝沢三郎は、ろくろにむかっていた。美里の父の一樹と五つしか違わない、だが、髪はもうまっ白である。いわゆる若白髪で、三十代の後半で、もう六十代の貫禄があったというのが自慢でもある。

工房には長男の四郎も働いていた。次男の五郎は作曲家としてかなりマスコミに名が売れている。ジュッセン夫婦を六郎にまかせて、美里は母屋へ行った。

居間で、六郎の母の千代枝がお茶の仕度をしている。

「すみません、毎度、ご迷惑をおかけして……」

歿った母と親しかったこの婦人をみると、美里は、つい、甘えたい気持が出る。

「どう致しまして……それより、お昼は……」

「例によって、お弁当を持って来ているんです。お庭のテーブルをお借りしていいですか」

「お安い御用よ。それじゃ、テーブルクロスをお持ちなさい」

アイロンのきいた麻のテーブルクロスをもらって、美里は庭にひき返した。

中国風のテーブルを拭いて、テーブルクロスをかけ、ついでに椅子も拭いた。

テーブルの上へ持参の弁当を並べ、千代枝がお茶を運んで来た頃に、見学を終えたジュッセン夫婦を六郎が連れてくる。

「よかったら、うちのお手製のサンドイッチもどうぞ……」

千代枝が気をきかして用意してくれた午食にも、美里の日本風ランチにも、ジュッセン夫婦は大喜びであった。

手を洗った三郎と四郎も加わって、ここの家族の名が、父親が三郎なので、長男から三男まで、三から下の数字で、四郎、五郎、六郎とつけられているなぞと話して、外国からの客を笑わせている。

三郎も千代枝も英語は苦が手だが、四郎はかなり達者な英語で、ジュッセン夫婦の相手をしている。

「平泉へ行ったって……」

六郎が握り飯へ手をのばしながら訊いた。

「雪のおかげで、二泊しただろう」

「どうして知ってるの」

「あの時、僕、東京へ行って、君の家へ泊ったんだよ」

「なんにもいわないのよ、お父さんったら……」

「話すひまもなかったんだろう。あれから東南アジアへ行ったって……」

「なんでもよく知ってるのね」

「その留守中にも、一度、泊ったからね」

「六郎はね、美里ちゃんの留守をねらっては、一樹君のところへ入りびたって、飲んだくれて泊ってくるらしいよ」

三郎が笑っていったが、美里には六郎の気持がよくわかっていた。

美里より一つ年上だが、気のやさしい彼は、娘の留守中、とかく、寂しげな一樹を思いやっては、訪問し、泊って行ってくれているに違いない。

食事を終えたジュッセン夫婦は、四郎にすすめられて、茶碗を作る気になって、一緒に工房へ出かけて行った。

「平泉、どうだった？」

六郎が、中途で切れた会話を続けた。

「雪のおかげかしら、とてもよかったわ」

「心細くなかったかい」

「馴れてるもの、一人旅に……」

それで、思い出した。

「変な男の人に二度も逢ったのよ。毛越寺と中尊寺で……」

毛越寺ではガイドを追い返し、中尊寺ではもう一泊するなら、金を貸してやるといった話をした。

「危いぞ。そういう奴は。まず親切そうに近づいて名前をきいて、住所をきいて……」

「名前、訊かなかったわ。住所もよ」

そういえば、美里のほうも、彼の名すらきいていない。

「きっと、怖い顔してたんだよ、美里ちゃんが……」

「すてきな女の人にも逢ったのよ。そりゃ日本人ばなれした美人でね」

中尊寺でのグレイのコートとブーツ、旅館での黒づくめの衣裳を話すと、六郎は笑い出した。

「やっぱり女だな。着ているものの観察は細かいね」

「ニューヨークに住んでいるのよ」

「日本人でか……」

「名刺もらったの。日本の住所は書いてなかったわ」

「亭主が外人なんじゃないのかな」

「名前は日本名よ、深沢亜稀子……」

テーブルの上を片づけかけていた、滝沢夫人の手が止った。

はっとしたように、夫をみる。滝沢三郎が、美里をみた。

「今の人の名前、深沢なんといった……？」

「亜稀子よ。亜はこういう字。稀は、稀なりの稀……」

美里は滝沢夫婦の顔を等分に眺めた。

「御存知の方ですか、小父様や小母様の……」

返事はなくて、テーブルクロスの上に、桜の花片が一つ、ゆっくり散って来た。

再会

A

宮原美里は、一日でジュッセン夫婦に気に入られてしまって、結局、日本滞在の三週間を全部、つき合うことになってしまった。

「最初は三日間の約束だったんじゃないか」

父の一樹は娘の多忙を、そんな言い方で案じていた。

「ごめんなさい。今度の仕事が終ったら、少し、お休みを頂いて、パパの面倒みてあげるから……」

実際、旅行社へ正式に勤め出してから、日曜も祭日もない月日が、続いている。

ジュッセン夫婦の日本の旅は、平戸から有田を廻るのを最後に、やっと終った。

「ボストンへ来ることがあったら是非、連絡して欲しい。必ず、又、逢いましょう」

有能なガイドという以上に、細かな心づかいをした美里に対して、アメリカの陽気な老夫婦は、空港での別れの最後まで、美里の手を握りしめて、再会を約した。

美里にしても、三週間も行動を共にしていると、自然、人情も湧いて、老夫婦の姿が税関を入ってからも、暫く、そこにたたずんでいた。

この日の、ニューヨーク行の便は、それほど混んで居らず、ジュッセン夫婦のあとにはビジネス旅行らしい若い日本人が数人、並んでいる。

ふと、美里は気がついた。

美里が立っているすぐ近くに十歳前後の女の子が縫いぐるみの熊とハンドバッグを抱えて人待ち顔に行ったり来たりしている。

眼鼻立ちのしっかりした、可愛い少女だが、痩せていて、顔色もあまりよいとはいえない。

人の通行の激しい場所だけに、縫いぐるみを抱いてうろうろしている子供は、ひっきりなしに人にぶつかったり、はじきとばされたりしている。

みかねて、美里は声をかけた。

「どうしたの、どなたかとはぐれたの」

どうみても、そんな様子の女の子なのである。縫いぐるみを抱いて、女の子は美里をふりむいた。きゅっと唇を一文字に結んでいる。

美里は同じ言葉を、もう一度、くり返した。

「お母さまを待っているの」

低い声で、少女がやっといった。腕に、はめている時計を大人びた仕草で眺めている。眉を寄せて、苛々した表情が、子供らしくなかった。

なんとなく、気むずかしい感じのする子供で、声をかけたものの、美里のほうが困ってしまった。といって、そのまま立ち去る気にもなれない。止むなく、その子の背後に立って、それとなく、ぶつかってくる人から、その子を守る形になる。

「お母さま……」

不意に、その子が、はじめて子供らしい声をあげて走り出した。

空港に接続しているホテルのロビイからエスカレーターを下りてくる女性へ、下から手をふっている。

離れた場所からエスカレーターをみていて、美里は、はっとした。

ネイビーブルーのワンピースにコートを抱え、髪に手をやりながら、エスカレーターを下りて来て、縫いぐるみを抱えた子に近づいた女の顔に記憶があった。

平泉で逢った、あの女、深沢亜稀子に、まぎれもない。

みていると、深沢亜稀子は、女の子に声をかけ、手をつないで税関へ入って行った。

ニューヨークへ帰国するのだろうか、と美里は思った。

深沢亜稀子から、あの時、もらった名刺の住所はニューヨークであった。

それにしても、彼女に、あんなちいさな娘がいたのは思いがけない気がする。平泉で逢った彼女の雰囲気には、母親というイメージはどこにもなかったようである。

が、縫いぐるみを持った女の子が、お母さま、と呼んだのが深沢亜稀子に違いないのは、手をつないで税関へ入って行く後姿をみても、はっきりわかる。それは、まぎれもなく、母と子の旅立ちの姿であった。

気をとり直して、美里は送迎デッキに上って行った。

よく晴れて、初夏の気配さえする日であった。

ジュッセン夫婦を乗せた航空機が爆音を残して大空へ消えるのを見送ってから、美里は、ゆっくり歩き出した。今の航空機に、深沢亜稀子母子も乗ったのだろうかと、考える。

その時、送迎デッキのすみに立っている男の背に、美里は注目した。

どこかでみたような後姿という気がしたのだが、心が惹かれたのは、その男の背中だったといってよい。あとで考えると、どこか物哀しげで、ひどく男を感じさせる背中だったように思う。

が、美里は、まだ、そんな意識を自分が持ったことに気づいていなかった。自分の気持に気がつく前に、男の背中が動いた。歩き出そうとして、男も、美里をみた。

「君……」

男の表情が変り、美里も、奇遇に茫然としていた。

平泉で逢った、あの男である。

十分の後、美里は犬丸大介の車に乗せられて、高速道路を走っていた。

「驚いたなあ、あんなところで、君に逢うなんて……」

犬丸大介と名乗って、そのあと、ぎごちなく黙っていた彼が、気をとり直したように笑ったのは浜松町のビルがみえはじめてからである。

正直いって、美里はうっかり、彼の車に同乗させてもらったことを後悔していた。それほど、相手の態度は、どこかでバランスを失っていた。

「青山のほうへ行かれるって、いいましたね」

「はい、でも、どこでも結構です、犬丸さんの御都合のよいところで降して下さい」

「そうですか」

又、黙った。

高速道路を出たのは新宿であった。

近くの高層ビルの駐車場へ車を入れる。

「こっちですよ」

エレベーターに乗せられて、美里は一階で下りるつもりであった。

「お茶ぐらい、つき合って下さい。十分でいいです」

犬丸大介はエレベーターのボタンを勝手に押した。

「あたし、用事がありますので……」

「だから十分だけ……高速道路が混んだと思えばいいでしょう」

強引であった。

連れて行かれたのは、静かなティールームであった。

「どなたか、送ってらしたんですか」

椅子をすすめて、やっと訊く、声の調子がずっと落ついていた。先刻までのぎくしゃくしたのが、なくなっている。

「お客様です。ニューヨークへお帰りになる……」

「ニューヨーク……」

ふっと、翳のようなものがかすめた。

「犬丸さんは、やはり、お見送りですか」

「ええ、まあ……そうです」

ボーイが来て、注文を訊ねる。会話がとぎれた。

「この前、列車、動かなかったでしょう」

ボーイが去った時、犬丸大介は話題を変えた。

平泉の時の話である。

大雪で、東京へ帰る列車のダイヤが乱れた。

「実は、夕方、駅へ行ってみたんです。列車が動いていないってきいたものですから。君が、どうしているかと思って……」

「あら……」

「どうしたんです、駅にいなかったけど……」

「旅館へ帰りましたの、あきらめて……。前の晩に泊った宿で、もう一日泊って、翌日、帰りました」

「やっぱり、僕のいった通りになったでしょう……」

中尊寺の月見坂の下で別れる時、どっちみち、列車は動かないかも知れないから、もう一日、平泉に泊ることを勧めた彼であった。

「そういえば、名前、教えて下さい。あなたの名前、きいてなかった」

「宮原です」

「宮原……その下は教えてもらえないわけですか」

美里は苦笑した。

「宮原美里です」

「みさと……どういう字ですか」

「美しい里です」

「いい名前だな、あなたらしいですよ」

「あなたのこと……友達に話したんです。平泉で男の人に逢って、中尊寺の案内をして頂いて、列車が動かないかも知れないし、もう一泊して行け、もしお金がなければ、たてかえてあげるっていわれたって……」

「僕、そんなこといいましたか」

「ええ、おっしゃったわ」

「どうも、誤解されそうなこと、いったもんだな」

「友人がいいました。そういう奴は危いって……親切そうに近づいて、名前をきいて、住所をきいて……で、あたし、いったんです。名前は訊かれなかったって……」

「訊きそびれたんですよ。あとで後悔したんです」

はじめて笑顔になった。

「僕は別に、悪い奴じゃありませんよ」

名刺を出した。名前が犬丸大介ではない。

「友達です。家具のデザインをやってる友人で……彼の事務所で働いてるんです。ここへ電話して訊いてもらえば、身許保証はしてくれると思います」

事務所は赤坂であった。

「あなたもデザインをやっていらっしゃるんですか」

「そうです。あなた、無職ですか」

「無職……」

「学校出て、家で花嫁修業しているお嬢さんだと思うけど……違いますか」

「そう、みえます」

「じゃ、そうでしょう、きっと……」

「みえますよ」

「違いますか」

美里は笑って答えなかった。

「用心してるんですか」

「そうじゃありませんけど……」

美里は腰を浮かした。

「もう失礼します。用事があるんです。ごちそうさまでした」

B

犬丸大介は、それ以上、ひきとめなかった。

別れぎわは、むしろ、あっさりしている。

新宿から国電で原宿へ出て、美里は帰宅した。

父の一樹は、外出していて、いつも来てくれる通いのお手伝いの小母さんが、台所でシチュウを煮ていた。

「八時にはお帰りになるそうですよ」

小母さんを帰して、着がえをしていると、電話がなった。

「もしもし、宮原さんですか、美里さん、いらっしゃいますか」

なにげなく、美里は答えた。

「美里でございますが、どなたさまでしょうか」

てっきり、父のつきあいと思ったものだ。

とたんに、美里は男の声を思い出した。犬丸大介にまぎれもない。

「犬丸ですよ。さっきは失礼……」

果たして、男の声が笑っている。

「どうして、家がおわかりになったの」

辛うじて、美里は動揺は制した。

「あれから、電話帳をみて、宮原という家へ片はしから電話をかけたんです」

「どうして、そんなこと……失礼じゃありませんか」

「ごめんなさい……それじゃ」

電話があっさり切れて、美里は不安になった。電話帳には住所も書いてある。今にも、犬丸大介が訪ねて来たら、どうしようと思った。

慌てて戸じまりをし、それでも落つかない。

が、八時になって、父の一樹が帰宅しただけで、結局、犬丸大介からは、それっきり、二度と電話もかかって来なかった。
二、三日、気にしていて、美里は彼のことを父にもいわず、つとめて忘れようと心がけた。
五日後の土曜日であった。上役の金田課長から呼ばれた。

「今夜、なにか、予定あるかな」

K航空の前島部長が食事をしたいといっているといわれて、美里は面くらった。

「ジュッセン夫妻のことで、君に礼がいいたいそうだ。彼は紳士だから、心配しないで大丈夫だ」

金田課長も同席するといわれては、美里もことわるきっかけがない。

六時に、金田課長が美里をつれて行ったのは、銀座で名の通った、フランス料理のレストランであった。

前島部長はもう来ていて、バアで飲んでいた。

テーブルへ案内され、食事になって、前島部長がいい出したのは、思いがけないことであった。

「宮原さんは、犬丸大介という男を御存知ですか」

今日の招待は、ジュッセン夫妻のガイドの礼だけではなく、

「彼から、あなたに、自分の身許保証をしてくれとたのまれましてね」

美里はあっけにとられた。

「彼の父親は、M銀行の専務をしています。犬丸忠行といってね。なかなかの実力者ですよ。大介君というのは、はっきりいってくれていいというので、あえていいますが、愛人に産ませた子でね。母親は京都の芸者です。そういうこともあって、彼は、ひところ、日本をとび出して、アメリカへ行きましてね。むこうで苦労して、旅行社でアルバイトをしたりして……日本からの客のツアーコンダクターをしたりしていたこともあるんです。そんな関係で、彼の父親からうちの上役へ紹介があって、それとなく様子を知らせてくれと依頼されて、たまたま、僕がニューヨークの支店長をしていた時代なので……そんな関係で知ってるんです」

前島部長は、犬丸大介に好意を持っている口ぶりであった。

「そういっちゃなんだが、父親の地位からいっても、出生の問題からしても、どう、ぐれても、又、甘ったれても仕方のないところだが、彼はその点、立派ですよ。父親に頼ろうとはしないし、なんでも独力でやってのけようとする。別に、自分の生まれを卑下するところもないですし……ま、男ですから、過去になにもないとはいわないが、美里さんとはまじめに交際したいというんです。もし、さしつかえなかったら、つき合ってやってくれませんか。人間は僕が保証します」

美里が、もう一つ驚かされたのは、食事の終ったころに、犬丸大介が現われたことである。

あらかじめ、前島部長とそういう打ち合せになっていたらしい。

「紹介はしたよ。僕が保証人になったからには、そのつもりで、責任のあるつきあいをしてもらいたい。もっとも、宮原さんがつき合ってもいいといってくれた場合の話で、そっちのOKは、君が直接、きいたほうがいい。ま、宮原さん、こんな奴ですが、よろしくたのみますよ」

前島部長は、そんな紹介をして、金田課長と出て行った。

「少し、歩いてもいいですか」

犬丸大介は、美里に訊ねて、前島部長たちとは反対の方向へ歩き出す。

「怒ってるんですか」

美里をふりむいた。

「どうして、私の勤め先が、おわかりになったんですか」

「調べたんですよ」

「調べた」

「宮原一樹さんのお嬢さんとわかってましたからね、電話の一件で……知人の画商にきいたんです。しかし、旅行社におつとめとは驚いたな」

美里をつれて行ったのは、Tホテルの最上階であった。

窓からみる、東京の夜景が美しい。

「高いところが、お好きね」

「偶然、そうなっただけですよ」

向い合って、まじめにいった。

「僕のこと、きいてくれましたか」

つき合ってくれませんか、といわれて、美里は眼を伏せた。

「恋人、いるんですか」

苦しげにきこえたので、美里は眼をあけた。思ったより近くに、大介の真剣な眼がある。

「いえ……」

思わず首をふって、又、うつむいた。

「よかった……」

大介の肩から力が抜けたようである。

「それだけが、気になって……」

美里は、なんということなしに、滝沢六郎を思い出していた。

彼とは子供の時からの仲よしにすぎないと思いながら、やはり、心にわだかまるものがあった。

「ニューヨークに長いこと、いらしたんですってね」

なにか、いわねばならない雰囲気で、美里は口をひらいた。

「五年、いました」

「いいところですか」

「行ったこと、ありませんか」

「ええ、ただ、ジュッセンさんに、いろいろ、お話をうかがって、一度、行ってみたいと思っているんです」

三週間、ガイドをつとめた外人夫婦の話をした。

「いいところかも知れません。少くとも、人間が、誰からも干渉されずに暮すには、いいところですよ、町に活気がありますし……」

「気に入って、五年もいらしたんじゃありませんの」

「生活の手段です」

眉のあたりが曇った。

「ニューヨークのことは、時期が来たら、いろいろ、きいてもらいたいと思います」

心にあるものをふるい落したように、美里をみて微笑した。

「とにかく、つき合って下さい」

大介のさし出した手を、美里は少したためらって、やはり握手した。

「ありがとう」

男の眼の中に、すでに燃えるものがあった。

母親

A

宮原美里と犬丸大介の交際は急なテンポで進んだ。

大介は殆んど連日、電話をかけてくる。土曜、日曜は必ずデイトを申し込むし、それが間もなく毎日でも逢いたいといい出した。

「そんなわけに行きません。あたしにもあたしの生活があるんですもの」

男の熱意には悪い気持ではなかったが、美里は困惑した。

家を出て、アパート暮しをしている大介は、毎日、美里と夕食を共にしてもどうということはないだろうが、美里のほうは父がいる。

添乗員として出張している時は別としても、普段は五時に会社が終れば、まっすぐ家へ帰って父娘二人の食卓を囲むのが、長い間の習慣になっている。

たまには、父の一樹のほうも、画壇の集りがあったり、仕事で人と逢ったりして、夕食を外ですますことはあるが、なるべくなら娘と家で食事をしようと心がけているような父を知っているだけに、美里としては、せいぜい土曜日に大介とつき合うのが、せい一杯のところであった。

それでなくとも、かかって来すぎる大介からの電話を、父がどう思っているか気が気ではない。

「お父さんに紹介してもらいたいんだ。きちんとお許しを頂いて交際したほうが、君も気がねしなくてすむし、僕も正々堂々と電話がかけられる」

大介は逢う度に主張したが、美里はなんのかのと口実を設けて、一日のばしにしていた。

母が歿ってから、父と娘と、二人っきりの宮原家の生活であった。父の、自分への愛情の深さを、美里は知っている。もし、娘が或る日、男友達を紹介したら、父はショックを受けるのではないかと思っている。

それと、父に大介を紹介することで、自動的に大介が恋人になってしまうのではないかという不安もあった。

美里の気持の上で、大介はまだ恋人ではなかった。

無論、嫌いではなかったし、一緒に居て楽しい相手である。が、美里はそうした自分の心が、大介の積極さに押し流されて、ずるずると結婚へ進むのが怖しいようであった。

そんな美里の態度が、一層、大介を焦らせていることに、美里は気づいていない。

土曜日のデイトの時であった。

「明日、逢ってくれないか」

食事の最中に、大介が切り出した。

「明日は……父も家にいるし……片づけものもしたいのよ。これでも、主婦ですもの」

この前の日曜も、大介の懇請に負けて映画をつき合っている。

「昼食だけでいいんだけど……母が京都から出てくるんだ」

「お母さまが……」

思いがけなかった。

大介の母が昔、京都で芸者をしていて、犬丸忠行の愛人となり、大介を産んだことは知っている。

「お袋は嵐山で小さい旅館をやっているんだ。割烹旅館というのかな。日曜でないと出かけにくいものだから……」

それでは断りようがなかった。

「君に逢ってもらいたいって、呼んだんだよ」

そういう大事なことなら、何故、前もって美里の都合をきいてくれなかったのかと思いながら、流石《さすが》に口には出せなかった。

大介の独走は今にはじまったことではない。

「親父も君に逢いたがっている。が、僕としては、親父より先に、お袋に逢わせたかったんだよ」

どこか、いそいそしている大介をみると、美里の優しさが、それ以上、拒めない。

「何時に、どこへうかがったらいいの」

「迎えに行くよ」

「家へは困るわ」

「じゃ原宿の駅前、十二時……」

帰りは、やはり大介が車で表参道まで送って来た。

以前は静かだったこの辺りも、急に若い人の店が増え、どこから集ってくるのか、土曜、日曜などは、流行の服をひきずって意味もなく歩き廻る人が多い。

大通りから折れて、我が家への道を歩き出しながら、美里は考え込んだ。

大介とは、結婚を前提とした交際と、紹介された時、K航空の前島部長から、はっきりいわれている。

その気がないなら、とっくに断っていなければならなかった。今まで、大介の望むままに交際を続けて来たからには、結婚の意志があると思われても仕方がない。

自分は本気で大介との結婚へ進もうとしているのかと思い、美里は当惑した。現実の結婚は、今の美里にとって、まだ遠い先のことに思えている。ぼつぼつ、かつてのクラスメートの結婚話もきこえて来ているが、美里は自分の結婚を漠然と二十五、六になってからでいいと考えていた。仕事も面白くなっている時でもあるし、父のこともある。

が、それとは別に大介は魅力のある男性に違いなかった。彼のひたむきな情熱の中に身を沈めていると、女に生まれた幸せが胸一杯にこみ上げてくるようである。それだけに、彼の情熱のさめた時が、ふと思われもする。

激しく燃える炎はいつか燃え尽きる日が来るのではないかと、本能的に怖れも湧いた。

といって、大介の愛を拒絶する勇気もない。

「美里ちゃん……」

滝沢六郎が声をかけたのは、そんな美里の後姿を暫くみつめながら歩いた上であった。

「デイトだったのか」

いつもの笑顔で追いつきながら、さりげなく美里を見る。

「車で送って来たのが、彼だろう」

「このところ、頻繁に電話してくる男がいるって、小父さんがいってたよ」

「六郎さん、いつ、来たの」

意識して、美里は訊いた。

「昼間っから君の家へ入りびたりさ。小父さんと飯をくって煙草がないから買いに出たところでね」

宮原家の門がみえていた。

石垣の上に紫陽花が咲いている。

「お父さん、なにかいってた?……」

犬丸大介のことである。

「いや、別に……」

「ねえ、六郎さんも一緒にきいてくれる」

「彼のことか……」

「一人じゃ話しにくいのよ」

六郎がちょっと眼を逸らした。

「いいよ、きいてやる」

玄関へは、六郎が先へ入った。

「彼……?」

B

宮原一樹は娘の話をパイプの掃除をしながらのんびりときいているようであった。そのようにふるまっていたほうが、美里が話しやすいという配慮のようでもある。六郎のほうは美里の背後に、ややはなれて椅子にかけ、時々、おちゃらかすような相槌を打った。たとえば、

「雪の平泉で初対面、羽田の送迎デッキでめぐり合いなんてのは、ロマンチックすぎるね。キューピットも乙なことをするじゃないか」

とか、

「奴も、なかなか、やるな。やっぱり恋は外国じこみに限るか」

などという調子である。

美里は、彼の言葉に一々、ふりむいてみないから、彼の表情はわからなかったが、声だけきいている限りでは、いつもの陽気な六郎であった。

彼の相槌に助けられて、美里は父親に話しにくい大介との交際を、案外、すらすらと喋ってしまったようである。

「それで、どうなんだい。犬丸大介という人の気持はわかったが、美里自身はOKなのか……それとも……」

「迷っているんです」

それしかいいようがなかった。

「そんな自分が、いやな女にみえて仕方がないんですけど……」

「そんなことないさ」

やはり陽気な調子で六郎がいった。

「人間、なんだって迷うもんだ。晩飯のおかずにしたって、魚屋の前、肉屋の前で考え込む。いわんや、結婚においてや……」

「でも、最初っから、今日はなにを食べようと思って魚屋へ出かけて行くことだってあるでしょう」

「行ってみたら、そいつがなくて、別のにしたりしてね」

美里は、つい、六郎と声を合せて笑ってしまったが、あとになって、この時の会話はすこぶる深刻な意味をもって、何度も思い出すことになった。

「まあ、いいさ、もう少し、つき合ってみなさい。その中、必要なら、お父さんも逢ってみよう。なにも、そう深刻に考えることはない。結論を急ぐこともない。肩から力を抜いて相手をよくみつめることだ」

パイプをしまって、一樹は立ち上った。風呂を浴びるといい、風呂場へ出て行った。

「その割に平気だったたね」

見送って六郎が首をすくめる。

「一人娘の縁談なんて、もっと逆上したり、興奮したりするものかと思ったけど……」

「ドラマの見すぎよ、六郎さんは……」

「うちの親父もお袋もいってるよ、美里ちゃんの結婚式に、小父さんは間違いなく泣くだろうって」

「泣かないわよ。案外……だって、別れて暮すわけじゃなし……」

「同居するのか」

「勿論……」

「犬丸大介も承知したのか」

「そんな話、まだしていないけど……」

「気を使うぞ、そうなったら……」

「誰が……」

「一番に美里ちゃんだな。亭主と親父の間にはさまって、あちら立てればこちらが立たず……」

「別に……平気よ」

「彼がシューマイを食べたい、小父さんがおでんにしろといったら、どうする」

「両方、作るわ」

「彼と話していれば小父さんがひがむし、小父さんと話していれば犬丸大介が焼餅をやくかも知れないいな」

「馬鹿々々しい。三人で話すわ。六郎さんが来た時だって、いつもそうじゃないの」

「俺は別さ、俺はこの家の息子のようなものだからな」

「あたしと結婚すれば、誰だってこの家の息子になるわけじゃない」

「違うんだな、結婚前から息子の奴と、結婚して息子となる奴と……」

六郎の調子のよさに、美里はうっかり乗りすぎた。

「じゃ、六郎さんと結婚すればいいってこと？……」

「それが理想だとは思うけどね」

六郎がひどく気の弱い声を出した。立ち上ってジャンパーを着る。

「俺、帰るよ、終電車がなくなっちゃう」

玄関を出て行く肩が、どこか寂しげであった。

もっとも、門のところでふりむいて笑った顔はいつもの六郎である。

翌日、美里は和服を出した。

心のどこかで、京都の芸者だったという大介の母親なら、和服好みではないかと思案しているようである。

なんのかのといいながら、結局は大介の両親に気に入られたいという美里の女心の動き方であった。

水色に紅型《びんがた》で菖蒲を染めた一重の着物は、父の沖縄土産であった。帯は黒い絽に赤や青や黄を、えのぐ箱からこぼしたようなモダンな柄で、これも父の好みで買ってもらったものである。

「こりゃあいいね、とてもよく似合うよ」

お洒落をして出かけて行く娘を、父親はやっぱりパイプの掃除をしながら見送った。

原宿の駅の近くに、大介は自分の車を停めて待っていた。

「見違えたよ」

きれいだ、といわれて美里は赤くなった。

「お袋は東京駅から、まっすぐホテルへ行っているそうだよ」

日曜なので、ちょっとした料亭やレストランは休みのところが多い。

食事はホテルのダイニングルームで、ということになっているらしい。

そのホテルは飯倉の高台にあった。

「部屋へ電話を入れるから……」

フロントから大介が母親を呼び出した。

六月の日曜日は、やはり結婚式が幾組かあるらしく、盛装の人々がロビイにかたまっている。

美里は緊張して立っていた、恋人の母親に逢うというのは、女にとってやはり一つの試練のようである。犬丸大介を恋人としていつの間にか認めている美里であった。昨夜、父や六郎に話していた自分の気持と、今の美里の気持にはかなりな差がある。

エレベーターが止って、人が何人か出て来た。美里は眼をむけた。大介の母親というからには初老の、和服の似合う女性に違いない。

そんな感じの人は居なかった。緊張がとけて、肩から力を抜いた時、眼の前に女性が立った。

グレイのスーツは、上着丈が短く、ベルトでしめて、スカートはミモレ丈のフレヤーの出たファッショナブルなものである。黒地に白で百合をプリントした絹のブラウスも若々しい。靴は近頃、流行の足首に紐を巻いたサンダルのハイヒールであった。

「大介さん、お待ちどうさま」

いくらか関西なまりがあるが、京都弁ではない。

美里はあっけにとられて、相手を眺めた。化粧した顔がひどく若かった。眉を濃く描いて、外国の女優に似ている。

「お母さん、宮原美里さんです」

大介が、いくらか慌てたような紹介をした。

「梅崎久代です。よろしく」

先に立ってダイニングルームへ入った。大介にうながされて、美里も続く。

テーブルについて、正面からみて、どうみても、三十代であった。

大介が、たしか二十九歳の筈であった。十八、九で大介を産んだとしても四十七、八にはなっていなければならない。

顔には皺がなかった。髪もショートカットにしていて、栗色に染めている。マニキュアは赤かったし、金のネックレスとブレスレットが揺れている首のあたりも、腕も、老いの気配すらなかった。

スーツの胸はこんもりと厚く、ウエストは娘のようにしまっている。無論、プロポーションはモデルにしてもよいほどである。

会話はあまりなかった。というより、とりとめがない。

まともな話はもっぱら大介がして、母親の口から出るのは、パリの話であった。年に二、三回はパリへ行くという。

今年はパリよりもローマに凝っていて、イタリアのデザイナーの作品を、買いあさっているらしい。

ファッションに関しては、美里があっけにとられるほど詳しかった。サンローランやバレンチノの服が似合い、エルメスやヴィトンのバッグを使いこなしている婦人を美里も何人か知っているが、この人の場合、前身が京都の芸者だったという先入観で、美里は度肝を抜かれていた。予想していたイメージとは、まるで違う。ナイフやフォークの使い方も、貴婦人のようであった。外国暮しを長いこととしていた人かと思われても不思議はないほど鮮やかで、リラックスした態度である。美里に、なにも訊ねなかった。普通なら訊くような趣味や家庭に対する質問は全く出ない。

「そう……ちょっと、私の部屋へいらっしゃい。さしあげたいものがあるのよ」

コーヒーが終った時、久代がいった。

彼女の部屋は八階にある。

ドアをあけてみると、ダブルの部屋であった。

「ちょっと、おかけなさい」

椅子をすすめて、洋服簞笥から宝石箱をとり出して来た。蓋をあけてピンクの珊瑚で花の型をしたイヤリングをとり出した。中心にダイヤモンドが埋め込んである。

「さしあげるわ。つけてごらんなさい」

美里は狼狽した。

「とんでもない。こんな立派なものを……」

「私には、もう派手なの、おつけなさいな」

ひきだしから、なにかをとり出してバスルームへ消えた。

「困ります。私……」

小さく大介にいった。

「お袋が折角、ああいうんだから……」

大介が少し、ぎごちなく笑った。

「五十に手の届くお袋には、たしかに派手だよ」

五十という言葉に、美里は再び、仰天していた。大介の年から数えて、どうしてもそんな年齢になる筈だと思いながら、久代の顔にも体にも、全くふさわしくない。

バスルームの扉があいた。久代は水着の上にシースルーのロングドレスを着ていた。

手にはタオルとサングラスを持っている。

「プールで一泳ぎしてくるわ。三時までは帰らないから、二人でゆっくりしていらっしゃい」

二人を等分にみた眼に、色っぽいものがある。

大介がなにかいいかけたが、若々しい母親はすでに部屋を出て行った。

美里がうつむき、大介が黙った。

梅崎久代のいった意味は、美里にもわかった。

ダブルベッドの部屋である。

三時まで帰らないとはっきりいった言葉の裏に、ひどく気をきかせたつもりがあった。

「出ましょうか」

ぽつんと大介がいい、美里はいそいで立った。

珊瑚のイヤリングは大介がポケットに入れた。

「びっくりしたでしょう」

二人に会話が戻ったのは、大介の車に乗ってホテルを出てからである。

「いつも、洋装ですか」

心にあるものと別のことを美里は訊いた。

「しばらく逢っていなかったんです。洋装はしたけれども……」

大介の横顔がひどく憂鬱そうであった。

「どっちみち、一度は逢ってもらわなければならなかったんだが……」

母親を美里に逢わせたことを、後悔しているような声である。

ニューヨークにて

A

七月になって、美里は添乗員として、ニューヨークに発つことになった。

S女子大学の卒業生ばかりでまとめられた団体旅行で、ニューヨークを中心に、東部アメリカを観光するツアーである。

添乗員としては、もうベテランの岡本がチーフ格で同行しその他に美里がアシスタントとしてついたのは、なにしろ、客が全部二十代から七十代までの女性で、人数も四十人近いし、どっちみち、岡本一人では手に余るので、同じ、添乗員二名なら、一人は女性のほうがなにかと便利だろうという会社側の配慮であった。

「時代も変ったわね。家庭の主婦が二週間も留守にして、外国へ出かけようというのだから……。日本の男性も理解があるわ」

たまたま、お中元の挨拶にと、鎌倉から出て来た滝沢千代枝が、宮原家のリビングで、美里からその話をきくと、大袈裟に嘆息《ためいき》をついてみせた。

「大変だわよ、美里ちゃん、女ってのは、集団生活に馴れてないから、そりゃ厄介だと思うわ」

「ええ、でも、それが仕事ですから……」

熱いおしぼりと、アイスティを出しながら、美里は苦笑する。

「それより、あたしの留守中のほうが心配なんです」

一人になる父の食事の世話や洗濯、掃除などは、通いで来てくれている近所の小母さんに頼んでいけばよいのだが、

「あたしが留守だと、毎晩、遅いらしいの。お友達や画廊の方と、銀座あたりで羽をのばしてるみたい……」

「たまには、いいじゃないの。一樹さんだって、うちの亭主だって、もう年齢《とし》だもの、そう、だいそれたことは出来やしませんって」

千代枝は達観したようなことをいって、勇ましく笑った。

「お酒が心配なんです。体のことだけです。あたしが心配しているのは……」

父が浮気をするなどとは、夢にも思っていない美里だった。母が生きていた時分も、その後も、父が女性問題でトラブルを起したなどという話はきいたことがない。

「まあ、いいでしょう。美里ちゃんの留守中は、あたしもせいぜい来てあげるし、六郎もよこしますよ」

「すみません。よろしくお願いします」

礼をいって、ふと、気がついた。

「そういえば、六郎さん、どうかしたんですか」

三日に一度はやって来て、時には泊って行く六郎が、このところ、ちょっと顔をみせない。

「信州へ行ったのよ。野の仏さまをみてくるとか、気どったことをいっちゃって……」

「相変らずね」

「のんきったら、ありゃしませんよ。大学を出たっていうのに、仕事もしないで、のらくらしてるんだから……」

口では、けなしながら、千代枝は末っ子の六郎が一番、可愛いらしい。

「お嫁さんでも、貰ったら、少しはちゃんとするんじゃないかっていえば、上から順だよって、すましてるんだから……」

そういえば、滝沢家は、長男の四郎も、次男の五郎も、まだ独身である。

玄関のチャイムが鳴った。

外出中の父が帰宅したのかと、出てみると思いがけず犬丸大介である。

「不意に、ごめん。電話してから来ようと思ったんだけど……」

話があって来たといわれて、美里はとりあえず、大介を応接間へ通した。

「お客様なら、あたしは失礼するわよ」

リビングへ戻ってくると、千代枝がいった。

「悪いけど、小母様、おいそぎでなかったら、もう少し、居て下さい」

父の留守に、犬丸大介と二人っきりになるのは避けたかった。大介を警戒するというより、父が帰宅した時、不快になるのではないかと、美里は気を遣っていた。

「居てもいいの」

「男のお客様なんです」

それで、千代枝は了解した。

「あたしはかまいませんよ。今夜の炊事当番は四郎だから……」

滝沢家では息子達が週に一度ずつ、食事の仕度を母親と交替する。

「男の子ばっかり産んで損をしちゃった。女の子だったら、たまには食事の仕度ぐらいしてくれるのに……」

と、千代枝が愚痴をこぼしたのが、きっかけだという。

飲物を持って応接間へ行くと、大介が待ちかねたように立って来た。

クーラーがついているのに、濃紺のスポーツシャツの胸元がまだ汗ばんでいるのは、よほどいそいでやって来たものらしい。

「ニューヨークへ行くんだって……」

いきなりいった。

「ええ、そうなの」

「どうして、教えてくれなかったんだ」

大介の勢いに、美里は気を呑まれた。

「どうしてって……、正式にきまったのは、つい、この金曜日だったのよ」

「それにしたって、今日は日曜じゃないか」

今週は、美里のほうが忙しくて、大介と週末のデイトをしていない。

「ごめんなさい。今度、お目にかかった時にお話するつもりだったの」

「何日に発つの」

「二十五日よ」

「何日間……？」

「十六日間……」

「あきれたな」

大介が嘆息をつき、腰を下した。

「そんなに長い旅に出かけるのに、君はなんとも思わないのかな」

大介が苦笑した。

「僕のほうが首ったけなのはわかってるが」

「ごめんなさい」

美里は狼狽し、あやまった。

「あたし、仕事だと思って……夢中だったの。なにしろ、今の会社へつとめて、まだ、こんな大きなツアーの添乗員をするの、何回もないでしょう。なんだか、そのことにばっかり気持がいってしまって……無事につとめられるかとか、そんなこと考えて、頭が一杯だったのよ」

赤くなって弁解している美里に、大介がいくらか余裕をとりもどしたらしい。

「のんきだよ。君は……僕は恋人のつもりなのに……」

恋人といわれ、それが当然なのに、美里はどぎまぎした。

「今日、お父さんは……」

やっと、大介が訊く。

「出かけているの。知り合いの小母様がみえているけど……」

「じゃ、出かけられないな」

「ごめんなさい」

「ごめんなさい、ごめんなさいって、僕は別に、君を怒るために来たんじゃないよ」

「でも、怒ってたわ」

「びっくりしたんだよ」

ニューヨークに発つ前に、もう一度、デイトをしてくれと大介はいった。

「本当は、近い中に、君のお父さんと、うちの親父と、逢ってもらう席を設けるつもりだったんだが、親父が急に多忙でね」

どうやら、現在のM銀行の頭取が引退して、次の頭取に大介の父、犬丸忠行が決定するらしい、と大介は他人事のように説明した。

「そんなこんなで、時間がとれないそうなんだ」

双方の父親を対面させることで、一息に婚約へ持って行こうと、大介は考えている。

「いいわ、それで……」

美里は辛うじて顔を上げた。

「考えて来ます、旅から帰るまでに……」

「考えるって、なにを……」

「そりゃ考えることあるわ。だって、まだ、大介さんと知り合って、半年にもならないんですもの……」

「知り合ってからの歳月って、そんなに大事なものなのかな」

ドアが軽くノックされた。

「よろしいかしら、美里ちゃん」

美里は救われたように、応じた。

「はい……」

千代枝はグレープフルーツの半割をガラスの器にのせて入って来た。

「いらっしゃいませ。滝沢と申します。こちらとは親類同様のつきあいをして居りまして……」

挨拶されて、大介が立った。

「犬丸大介です、はじめまして……」

「冷たい中にどうぞ……」

勧められて、大介がスプーンをとった。

「小母さまも、どうぞ、こちらで召し上って下さい。あたし、自分の作って来ますから」

千代枝に、グレープフルーツを廻して、美里は台所へ出て行った。

大介と二人っきりでいたいという気持と、二人きりになりたくない気持が激しく揺れている。そんな自分の心の動揺を、美里はもて余していた。

グレープフルーツを切りながら、美里は台所の壁に下っている鏡をのぞいてみた。

我ながら、ひどくぎごちない表情をしている。

どうして、大介と逢う時、自分はこんなに不自然な表情になるのかと思った。それだけ大介を男性として意識しているせいかも知れない。

考えてみると、美里には学生時代から、いわゆるボーイフレンドとの交際がなかった。

美里にとって、ボーイフレンドといえば、或る時は父であり、或る時は、子供の時から馴れ親しんで来た滝沢家の四郎であり、五郎であり、六郎であった。彼らは異性というより、肉親であり全く気のおけない仲間であった。それで充分、満足していた美里は、他に男友達を作る必要を少しも感じないで今日まで暮して来た。いってみれば、大介は、美里がはじめてつき合った異性であった。美里の、ぎごちなさは、そうしたところから来るものらしい。

応接間へ戻ると、千代枝はすっかり、くつろいで大介と話していた。

話題は、美里の少女時代のエピソードである。

大介が優しい表情になっていると美里は思った。二人だけで話している時の息苦しいようなものがなくなって、美里の幼い日の話を楽しげに訊いている。そんな大介に、美里は安心し、同時にもの足りない気分にもなるのであった。

B

大介と約束したデイトの日は、ニューヨークへ発つ前日になった。

美里の気持の中には、今夜は家で父と夕食をと望むものがあった。とにかく十六日間、留守にするのである。

「お父さんはかまわないよ。いろいろ、買い物もあるだろう。ゆっくりしておいで……」

ニューヨークで長いこと生活をしていたという大介から、アメリカの話をきいてくるのも、添乗員として役に立つだろうといわれて、美里は父の思いやりに感謝した。

実際、食事の間に、大介からきいたニューヨークの話は、かなり役に立ちそうであった。

ガイドブックでどんなに勉強しても、その土地で生活した人間の経験には及ばない。

「女性のお客だと、食べ物屋の次は、買い物だな」

笑いながら、大介は器用にニューヨークの五番街の地図を書きはじめた。

流石にアメリカだけあって、パリの有名店もローマの有名店も、殆んどが支店をニューヨークに出している。

グッチ、カルティエ、ロベルタ、テッドラピドス、エルメス、バレンチノと、女性が喜びそうな有名店を地図の上に記入して行く大介の記憶力に、美里は感心した。

「よく知っているのね、女性好みのお店ばっかり。ニューヨークにいらした時は、よっぽど、おしゃれな御婦人をエスコートしてらしたみたい……」

何気なくいった美里の冗談だったが、大介のボールペンが止った。

なにか、いいたげに眼をあげて、すぐ伏せた。

「ニューヨークには何日いるの」

声が暗いのに、美里は気がついた。うつむいている大介の額のあたりに、彼が時折、みせる翳が今も浮んでいる。

大介の、この暗さ、この翳はなんだろうと美里は考えていた。美里が惹かれるのも、その暗さなら、怯えるのも、その翳の部分である。

「四日間よ、その中、二日はフリータイム」

一日はお定まりの市内観光で、もう一日がウエストポイント観光であった。有名な士官学校のある土地である。

「ウエストポイントへ行くのは、本当は秋がいいんだ。ハイウェイの紅葉が、とてもきれいでね」

暗さをふっ切るように、大介が話し出した。

夏は、士官学校の庭で学生が行進をみせてくれたりもするという。

「とにかく、アメリカのエリート学生なんだ。士官学校だが、卒業しても、必ずしも職業軍人にならなくともいい。そんなところが、如何にもアメリカらしくってね」

士官学校の中にある博物館には広島や長崎に落した原子爆弾や、山下将軍の軍刀なども陳列されているという。

食事のあと、六本木のパブでひとしきり話して、大介がいつものように車を運転して美里を送ってくることになる。

「明日から十六日間か……」

呟くようにいい、大介が車を停止させたのは青山墓地の近くだった。

「美里さん……」

大介が美里をみつめ、ゆっくりと肩を抱いた。

キスは、美里を驚かせないように最初、額へ軽く触れた。そのまま、両手で頰を押えるようにして唇に移る。一度目はすぐ離れた。

呼吸の感じられる近さで、大介の眼が美里をみつめた。

「愛している……好きだ」

二度目に抱きよせた時、大介の力はかなり強かった。唇は熱くなって、むさぼるように美里を求める。

次第に、美里の体から力が抜けた。意志がどこかに消えて、情感だけが、美里の肉体を支配している。

生まれてはじめてくちづけの陶酔が美里を襲っていた。

大介の手が美里の髪を愛撫し、唇が美里の耳朶へ移って来た。美里は呼吸を乱した。

「君と別れたくない……」

かすかに大介がいい、美里は声もなく、彼にすがりついていた。

このまま、彼が求めれば、どこまでも従《つ》いて行きそうな危いものが、美里を占めていた。

しかし、大介はやがて、唇を放した。

「送るよ」

辛うじて自制した男の顔が、美里の眼の前にある。

男の愛に、美里は自分から眼を閉じた。

「お願い……もう一度……」

「美里さん……」

大介の手が、美里を息がつまるまでに抱きしめた。三度目のくちづけを自分から求めたことで、美里は大介を愛している自分の心を漸く確認したように思った。十六日間の別れのつらさが、今更ながら、美里の実感になった。

三日後、ナイヤガラのホテルで、美里は大介への手紙を書いた。

たった三日なのに、別れて十日もすぎたように大介が恋しかった。

別離の前夜のくちづけは、美里のそれまでの曖昧な気持に終止符をうったようであった。

本当なら、もっと早くにこの手紙を書きたかったのに、女ばかりの団体客は予想以上に厄介で、連日、てんやわんやの道中で、美里にしても、東京を出てから、十二時前にホテルの自室に入ることが出来たのは、今夜がはじめてである。

最初の夜は部屋割の苦情で、てんてこまいをさせられ、その中に、こうした団体には必ずといってよいほど起る、バスルームのお湯の出しっぱなしがあって、その後始末に呼び出された。

一日目の出発では、パスポートをホテルの部屋のひき出しに入れたまま忘れて来た客があって、途中からタクシーをとばして引き返す騒動があり、昨夜は、客の一人が胃痙攣を起して、殆んど夜明けまで付き添った。

そんな手のかかる客は別にしても、やれ、部屋の鍵を持たずに出てしまっただの、自分の部屋の位置がわからなくなっただの、ジュースを部屋へ届けてくれ、毛布をもう一枚もらって来いと、細かな客の注文はひっきりなしであった。

国内旅行だったら、その程度のことは当然、自分で出来る人々なのだが、外国旅行となると、言葉の不便さを添乗員が補うことになる。

「宮原さん、よく、がんばりますね」

ベテランの岡本が感心するくらい、美里はよくつとめた。

客の苦情にはひたすら詫び、どんな厄介な申し出にもいやな顔をみせない。

それだけにニューヨークへついた時は、心身ともに疲れ切っていた。

ニューヨークには、美里の働いている旅行社の支店がある。

「御苦労さん、大変だったそうですね」

支店長の前川は、まだ三十代だが、二児の父親でもあり、なかなかの苦労人で、美里をいたわってくれた。

「せめてニューヨークにいる間だけでも息抜きをしていらっしゃい。ここは、人手がありますから……」

確かに、岡本と二人っきりでなにもかもやりこなして来た今までの道中と違って、支店のある強みで、ガイドも別につくし、支店長自らサービスにつとめてくれるので、精神的にもかなり助かる。

ここでは、やはり大介に教えてもらったショッピングガイドが役に立った。

自由行動の日、美里は五番街で買い物をしたいという客を連れてカルティエの店へ入った。

時計をみたいという客のために、店員に通訳して品物を待っていると、奥のドアがあいて、婦人客が一人、店員に丁寧に送られて出て来た。

ベージュの麻のワンピースを茶のベルトでしめた着こなしが、さりげないようでいて見事である。つばの広い帽子の下で、深沢亜稀子の彫の深い顔立ちは、日本人ばなれがしていた。

女の過去

A

深沢亜稀子と視線が合った時、美里は少したためらった。

相手が、平泉で逢っただけの自分を果して記憶していてくれるかどうか、心もとなかったからである。しかし、深沢亜稀子は美里をみて、柔かく微笑した。

「いつ、こちらへ……」

ニューヨークでの奇遇を、さして驚いている様子でもない。

「お客様のお供をして、一昨日の夜、参りました」

「そう……」

亜稀子は、美里の背後で、時計やブレスレットをみせてもらっている数人の日本人をちらとみた。

平泉で逢った時、美里が旅行社の添乗員をしているといったのを想い出したようである。

「それじゃ、お仕事中ですから、又……」

会釈して、深沢亜稀子は美里からはなれた。

カルティエの店員が、丁重に送って行く。

優雅な、女の後姿が美里の眼に残った。

小半日を、団体客の買い物のお供をして、美里は解放された。いくらか、ニューヨークの街に馴れた客達は、夕方までの時間を勝手に過したいという。

万が一、迷子になった時の場合を考えて、一人一人にホテルの名と住所を書いたメモを渡し、美里はそれぞれの方角へ散って行く客達を見送った。

そこからは、美里の勤めている旅行社の支社のオフィスが近い。

エレベーターを上って行くと、汗ばんだ肌に室内の冷気が快かった。ニューヨークの夏は、かなり暑い。

前川支店長はワイシャツの袖をたくし上げて電話に出ていた。寒いほどクーラーがきいているのに、ネクタイをゆるめ、秘書のいれる麦湯のコップをひっきりなしに口へ運んでいる。

「やあ御苦労さん……」

やっと受話器をおくと、美里をふりむいた。

「ショッピングのお供は……」

「一応、終りました。皆さん御自由に夕方までなさるそうで……」

「そりゃそりゃ……」

デスクからスケジュール表を取り出した。

「明日は希望者だけ、ウエストポイント観光だね」

今度の旅行では、いくつかのオプショナル・ツアーが用意されていたが、ニューヨークではハドソン河に沿って、十八、九世紀に栄えた町、テリタウンや、十八世紀の作家、ワシントン・アービングの生家の残っているサニーサイドあたりを見学し、ウエストポイントにあるアメリカ陸軍士官学校まで出かける一日の自由参加旅行を用意してあった。それが、前川支店長のいう、ウエストポイント観光である。

「参加人数は十二人だってね」

「はい……」

四十人近い団体の三分の一以下である。

「もったいないな。ニューヨークへ来たら、郊外みなけりゃ……。スリーピーホローやウエストポイントは是非、みてもらいたいといつも思ってるんだが、案外、参加してくれる人が少くてね」

「すみません。私のお勧めの仕方がうまくなかったのかも知れません」

「いや、女の人は、とかく、陸軍士官学校なんていうと、それだけで敬遠してしまうもんですよ。五番街で買い物をしているほうが、いいって方が多くてね……」

そのウエストポイントの一日旅行に、美里は参加しないでいいと前川はいった。

「あら、私は興味があります。なんでもみておきたいですし、ワシントン・アービングの家は是非、行きたいんです」

実際、美里は、このオプショナル・ツアーをたのしみにしていた。

「それとも、私、他に、なにかしなければならないことがございますのでしょうか」

前川は困ったように頭へ手をやった。

「いや、それがね……」

宮原さんは、マダム深沢を御存知でしょう、といわれて、美里は面くらった。

「マダム深沢……」

「さっき、電話があったんですよ。宮原さんと、カルティエの店で逢ったそうじゃないですか」

「ああ、あの深沢さん……」

マダム深沢と、深沢亜稀子が漸く、美里の中で一つになった。

「明日のお午《ひる》に、招待されたんですよ。宮原さんと一緒に、彼女の家へ来てくれって……」

明日は日曜日で、オフィスは休みであった。

「マダム深沢には、うちの会社も、いろいろとひっかかりがありましてね。なによりも、うちの上得意客なんですよ」

始終、ヨーロッパや日本へ旅行をしているファーストクラスの客という意味らしかった。

「是非、宮原さんを連れて来てくれといわれましてね」

美里は軽く首をかしげた。

「どうしてでしょう。私、あの方と、そんなに深い知り合いじゃありませんが……」

平泉の旅先で一度、そして、羽田空港で他《よそ》ながらみかけただけである。わざわざ、支店長へ電話をして、美里を家へ招待しようという深沢亜稀子の気持がわからない。

「宮原さんのお父さんを御存じのようなことをいってましたよ」

「父を……」

初耳であった。が、そういわれてみると、平泉の宿で、美里が自分の名を教えた時、深沢亜稀子が、しきりになにか訊ねたそうにしていたと思った。

それと、平泉から帰って来て、美里が鎌倉の滝沢家を訪ねた時、深沢亜稀子の話をすると、滝沢三郎と千代枝が思いがけない反応をみせたものであった。

あの時、美里が、

「小父様と小母様は深沢亜稀子さんを御存じなんですか」

と訊ねたのに対し、夫婦は言葉を濁し、すぐに話題を変えてしまった不自然さが、今でも、美里の心に残っている。

深沢亜稀子に対する関心が、あらためて美里の胸に湧いた。

「なにをなさっている方なんですか、深沢さんって……」

「そうですね……なんといったらいいのかな」

煙草に火をつけながら、前川はまぶしそうな眼をした。

「マダム深沢の歿った御主人は、東部の資産家の息子でね。弁護士だったたってきいてますよ」

「未亡人なんですか」

「そう、娘さんが一人いて……八つぐらいになるのかな。若くみえるけど、彼女、三十すぎてる筈ですよ」

三十四、五だろうと前川はいう。

「今は、サニーサイドの近くの家に、歿った御主人のお母さんと一緒に暮してるらしいけど、ニューヨーク市内にもマンションを持っているし、マイアミだの、ロスアンゼルスにも家があるって話……パリにもアパートを借りてるとか……とにかく、金があるんですよ」

歿った御主人の家というのが、アメリカ東部の名流とかで、上流階級に顔が広く、ニューヨークで仕事をしている日本の商社は、なにかにつけて、彼女の世話になることが多く、そういう意味でも貴重な存在だという。

「彼女自身は、美術の造詣が深くてね。お父さんが美術関係の仕事をしていたとかで、日本にも、そっちの関係の知人が多い。有名な画家とも親しくて……で、美術品の売買の橋わたしのようなこともしているそうですよ」

日本で、個人が所有している古美術品をひそかに手放したいというようなのを、こっちの美術商に取り次いだり、逆に、アメリカやヨーロッパの美術品を日本の知己へ紹介したりだが、

「商売でやってるわけじゃないそうですが、なにしろ、一流品ばっかりでしょう。彼女が仲介しなかったら、とても動かせないような凄い美術品が、ひそかに太平洋を行ったり来たりしてるって話ですよ」

前川が知っているのは、その程度のことらしい。

「どうですか。つき合ってくれませんか。アメリカの金持と結婚した日本女性の生活をかいまみるっていうのも、いい勉強になると思いますよ」

ウエストポイントへは、添乗員の岡本と、もう一人、支社の社員がついて行くということで、岡本にも了承がついているという。

美里には、深沢亜稀子の招待をことわる理由がなかった。

B

十一時すぎに、前川が車を運転してホテルまで迎えに来た。

ニューヨークも市内は車が混んでいるが、郊外へ出てしまうと、快適なドライブが楽しめる。

「折角のお休み、お子様たちが、がっかりなさったでしょう」

二児の父である前川に、美里は同情した。

彼にしたところで、深沢亜稀子の気まぐれともみえる今日の招待は有難迷惑の他のなにものでもあるまいと思われる。

「八月に休暇をとって、日本へ帰りますからね、女房も子供も文句はいいませんよ」

それよりも、前川は前川で、どうして深沢亜稀子が、宮原美里を連れて来いといったのかが疑問らしかった。

「宮原さんが、マダム深沢好みの美男子というなら、わかりますがね」

冗談らしく笑った。

「美男子好みなんですか、あの奥さま……」

美里も冗談として調子を合せた。

「美男子好みかどうかは知りませんがね、なにしろ、美人で金持でしょう、もてることは事実ですよ。しかし、あんまり浮いた噂はききませんね。あたら、女盛りをもったいないと、我々としてもやきもきしてるんですがね」

「かわいいお嬢さんもいらっしゃるから……」

美里は弁解のようにいった。

「女の人ってそういうものですかね」

道の右側に気のきいた門のある邸宅が続いていた。

邸宅といったが、邸そのものは殆んど道路からはみえない。どの家も門を入ると、かなり庭の中の道を行かなければ玄関へ到着出来ないほど敷地が広く、ゆったりしているらしい。

「別にワシントンやボストンにも家を持っている人が多いんですよ。勿論、ニューヨーク市内にもそれ相当の家をかまえていたり、なにしろ、こっちの金持は日本とは桁が違いますからね」

やがて、前川は一つの豪勢な門の前で車を止めた。門柱のボタンを押して、名前を告げると、門が音もなく開いた。前川は車に戻り、車ごと門内へ入る。

門から家まで、道の両側は林であった。芝がきれいに刈ってあり、ところどころに花が巧みに植えられている。

やがて、大きな建物がみえた。玄関に老年の男が立っている。前川が車を停め、その男に向って、丁寧に挨拶をした。そこで下りるのかと思っていると、車は又、スタートした。

今度は百メートルばかり行っただけで、もう一つの建物に出会った。こっちの玄関もさっきのに劣らずしゃれた造作になっている。

車を下りて、前川がベルを鳴らした。

若い日本娘が出て来たと思ったのは、あとできくところによると中国人の小間使いで、彼女は英語しか話せない。

前川は以前にもこの家に来たらしく、彼女とも顔見知りのようであった。

案内された居間はすぐテラスに向いていて、その庭の先に湖がみえた。

ニューヨーク市内はうだるような暑さなのに、ここは木立を抜けてくる風が、まことにさわやかであった。

庭のむこうで、バイオリンの音色がしていた。まだ、どこかおぼつかないような演奏である。

お茶が運ばれた時に、バイオリンの音がやんだ。笑い声がきこえ、テラスのむこうを深沢亜稀子が歩いて来た。ベージュの地に黒と茶で大きな花を画いた長いスカートに、黒い絹のシャツブラウスを着ている。続いて、女の子がバイオリンを抱えて、銀髪の老婦人と話しながら現われた。

老婦人は背が高く、上品だが、どこかいかめしい容貌をしている。居間の日本人の客をみると、亜稀子になにかいい、女の子の手をとった。

「麻理、おばあさまと御一緒にね」

亜稀子が笑顔でいい、麻理と呼ばれた少女はうなずいて、老婦人と庭を抜けて、さっき通りすぎた建物のほうへ歩いて行く。

「むこうがグローリヤ夫人の家なんだよ」

低く、前川が美里に教えた。

グローリヤ夫人というのが、深沢亜稀子の姑の名前のようである。

老婦人と、小さい娘が視界から消えるまで、亜稀子はテラスに立って見送っていた。それからスカートの裾をひらめかして、居間へ入って来た。

「いらっしゃい。失礼しました。姑《はは》が来て居りましたので……」

前川と美里とに、等分に会釈をする。

「前川さん、ごめんなさい、折角の休日を……」

別に、前川へ微笑した。

「いや、おかげで家庭サービスをまぬがれました。なにしろ、こう暑いとゴルフもテニスも駄目ですから、一日、子供のお守りにこき使われるのが関の山です」

前川は如才なくいい、持って来た鞄から茶色の紙袋に入れたものを取り出して亜稀子の前へおいた。

「切符です。来月の二十日の便でしたね」

自分で紙袋の中から航空券をつまみ出した。

ニューヨークから東京までの直行便のファーストクラスの切符である。

「お帰りの分は、どうなさいますか」

「まだ、きめてないの。もしかしたら、ヨーロッパへ廻るかも知れないし……。今週中にはきめますから、お電話するわ」

亜稀子のしなやかな指が航空券を取り上げて、机のひきだしにしまった。大きなスターサファイヤが輝いている指である。

「お久しぶりね、美里さん」

正確に美里の名を呼んだ。

「はい……。ニューヨークでお目にかかるなんて、考えていませんでした」

「何故……」

前川に食前酒を訊ね、美里へ笑いかける。

「私はニューヨークに居る。あなたはニューヨークへいらしった。逢う機会は当然、あるでしょう」

「でも、ニューヨークは広いですし……二度しか、お目にかかったことがありませんでしたし……」

「二度……一度でしょう。平泉で……」

「羽田で、お発ちになる日でしょうか、お嬢さまとご一緒のところを、ちょっとおみかけしましたの」

「羽田で……」

「税関へお入りになるところでした」

「そう……」

かすかな翳が、亜稀子の表情をかすめて、すぐに消えた。

「あの……、父を御存じとかうかがいましたが」

会話が急に白けたようで、慌てて、美里は続けた。

亜稀子が美里をみつめた。

「宮原一樹画伯でしょう」

「はい」

「よく存じあげていますわ、といっても、むかしむかし……十五年も前でしょうか」

シェリーのグラスを唇へ運んだ。視線がゆっくり、庭へむけられる。

「十五年も前……」

「あなた、おいくつ……」

「二十三です」

戸惑いながら、美里は相手のペースで答えていた。

「そうすると、十五年前は八つ。今の麻理と同い年だわ」

新しい発見をしたように、亜稀子の声がはずんだ。

「その頃、マダムは東京にいらしたわけですか」

前川が口をはさんだ。

「そう、東京に居りました。ニューヨークへ来たのは、二十一の時。二十三の時、麻理の父と結婚したんですの」

シェリーのグラスをみつめたまま、別にいった。

「十五年前、宮原画伯は三十三歳でいらっしゃったわね」

「はい……、今、四十八ですから十五年前は……三十三です」

美里のほうが慌てて、父の年齢を数えていた。

「早いこと……歳月って……」

さっきの小間使いが食事の仕度の出来たことを知らせて来た。

「それじゃ、お食事にしましょうか」

亜稀子が立った。

黒い絹のブラウスの胸に、気のきいた貝のネックレスが揺れている。

「父とは、どうしてお知り合いだったのでしょうか」

食卓につく前に、美里は訊ねた。亜稀子の父が美術商だったときいているから、大方、その筋だと思いながらの質問である。

「私、宮原画伯のモデルになったことがありますのよ」

華やかに、亜稀子が応じた。

「モデル……」

「ええ、一度だけ……」

「そうですか」

前川が、又、会話に参加した。

「マダムが……いや、その頃はマダムじゃありませんね。あんまりおきれいなので、宮原画伯がモデルをお願いなさったわけですか」

「私が、画いて下さいって、お願いしましたの。二十歳の自分を、どうしても画いて頂きたかったので……」

「そりゃ、さぞ、すばらしい作品が出来たでしょうな」

「おみせしましょうか」

居間から食堂へ続くドアを、亜稀子は開けかけて閉め、反対側のドアへ手をかけた。廊下へ出る。更に二つほどドアを通った。

「私の寝室ですのよ」

声と共に、亜稀子がドアをあけ、その正面の壁を指した。

「少し、暗いかしら」

窓ぎわのカーテンをひいた。

美里は、息をのんだ。

油絵の中の亜稀子は、一糸もまとわず、正面をむいていた。大きな、若いまなざしが挑みかかるように、美里には見えた。

恋する者

A

ダイニングルームは広々として、次々に運ばれる料理も気のきいたものばかりだったが、宮原美里は落つかなかった。

今しがた、みせてもらった深沢亜稀子をモデルにして、父が十五年前に画いたという裸女の画がまだ瞼の上に浮んだり消えたりしている。

父の裸体画をみたのは、はじめてではなかった。職業柄、自宅のアトリエにヌードモデルを呼ぶこともある。

別に、深沢亜稀子をモデルにした作品があっても、どうということはない筈であった。

しかも、それは大変に美しいものだったし、父の作品の中でも秀れているように思われた。

だから、その時の美里は心に湧いたわだかまりをつとめて払いのけようとあせった。

亜稀子は、すでに画のことなぞ忘れたように、前川支店長とパリの話をしている。

「私、今度、日本へ帰りましたら、本当に美しい紅葉というのをみたいと思って居りますのよ」

前川と美里を等分にみながら、亜稀子がいった。

「このあたりの十月の紅葉も見事じゃありませんか」

前川がいった。

ハドソン河に沿ってウエストポイントへ行く道の両側の紅葉は、それはすばらしいものだと美里に説明する。

「そうなんですの、宮原さんも一度、その季節にニューヨークへいらっしゃい」

見頃は一週間足らずだが、火が燃えたような紅葉の景観は、そのためにニューヨークまで来る値打があるという。

「是非、そんな機会に恵まれたらと思いますけれども……」

「ハネムーンにいらしたら……」

思いつきのように亜稀子が微笑する。

「お好きな方がいらっしゃるのでしょう」

美里は、かすかに眼許を赤くしたが、なんとも答えなかった。答える必要もなかったし、答えられるものでもない。

「紅葉が美しいと感じるのは、やはり年齢ですのね」

さりげなく、亜稀子が話を転じた。

「二十一歳まで日本に居りましたでしょう。日本の秋は二十一回、迎えているわけですもの、美しい紅葉に出逢ったことも、何度もあるのに違いないのに、記憶が全くといってよいほどございません」

おいくつの年齢で、紅葉を美しいとお感じになりましたと訊かれて、前川支店長は軽く頭へ手をやった。

「そうですね。そう、おっしゃられると……三十をすぎてからですかな」

北海道の十月はじめ支笏湖の畔でまっ赤な、ななかまどをみた時、紅葉は美しいと思った記憶があると話した。

「北海道の紅葉はいいそうね」

遠い眼をして、笑った。

「そら、ごらんなさい。三十すぎてからでしょう」

二十代までは自然の美しさに心が奪われることは、まず少いものだと亜稀子は続けた。

「もし、あったとしても、それは、好きな人と一緒にみたからとか、その旅が特に楽しかったからとか、傍に人間の気配がするのが二十代だと思いますわ。少くとも、三十すぎて紅葉を美しいと感じる気持は、二十代には知らなかったものだといえるんじゃありません」

「そうかも知れません」

前川が調子を合せた。

「我々の先輩がいいますよ。植物に眼がいったら年をとった証拠、次に鉱物に興味が向いたら、もう浮気はおしまいだそうですから……」

華やかな笑声が上り、美里は会話から取り残されていた。

食後のお茶は席をテラスに移した。

スペイン風のテーブルや椅子でまとめられているテラスには、木の葉洩れの午後の陽が柔かく射し込んでいる。

木立はまだ緑がぼってりと厚く、盛んな夏を思わせているのに、湖からの風は、ほのかに秋の気配をただよわせているようであった。

「あの、父は前から深沢さんを存じ上げていたのでしょうか」

こだわるまいと思いながら、やはり美里はそれを口にした。

「お目にかかったのは、あの画をかいて頂く時でしたわ」

以前から、宮原画伯の作品が好きで、

「紹介して頂いて、やっと私を画いて下さることを承知なさいましたの」

「父のアトリエでしょうか。あの場所は……」

「いいえ、私の鎌倉の家ですの。週に何度か通って来て下さいました。私にとって、とても生甲斐のある日々でしたのよ」

お父様、お変りないようですのね、といわれ、美里はうなずいた。

「もう久しくお逢いしていません。ニューヨークへ来て以来でしょうか」

「一度、お訪ね下さい。東京へお帰りの折にでも……」

成り行きでそういわねばならない破目になった。

三時をすぎて、前川は辞去するための挨拶をした。

「私もこれから五番街まで出ますわ。宮原さんは……」

ホテルの名を美里は告げた。

「明日はメキシコへむけて出発しますので……」

団体客をエスコートしての旅である。今夜は一人一人の部屋を廻って、明日の出発のための指示をしなければならない。

「いろいろあるんですよ。荷物を朝食前にドアの外へ出しておいてくれとか、出国カードの確認とか……」

前川が美里をふりむいて笑った。

「それじゃ、どうぞお先に……今日は来て下さって本当にありがとう」

来た時とは別の道を抜けて、マンハッタンへ戻りながら、美里は車を運転している前川へ訊ねた。

「いったい、なんの御用だったのでしょう」

わざわざ招いたにしては、とりとめのない話ばかりであった。

「退屈しのぎですよ。ああいう人達はよくやるんだ」

前川は心得たように苦笑している。

「宮原さんに、あの画をみせたかったのかも知れませんね」

東京へ帰ったら、父に深沢亜稀子のことを訊ねてみようと美里は考えていた。

「そうそう、そんな人を画いたことがあったよ」

と、父が笑ってくれれば、心にあるわだかまりは吹きとぶのだ。

五番街まで送ってもらって、美里は前川と別れた。

今日がニューヨーク最後の日であってみれば、せめて、ちょっとした土産ぐらいは買いたかった。

ダンヒルの店で父と滝沢三郎のためにパイプをえらび、サックスで滝沢夫人のためにスカーフを買った。ついでに滝沢三兄弟のネクタイを探してテッドラピドスの店へ足を運ぶ。

流石にアメリカの大都会だけあって、五番街にはヨーロッパの名店が目白押しに支店を並べている。

滝沢兄弟の趣味はわかっているし、一番仲よしの六郎にしても、お洒落にはあまり関心のない男だから、土産えらびも苦労はない。

当惑したのは、犬丸大介であった。つき合って日も浅いし、好みもわかっているようでわからない。まして、ニューヨークで何年も生活したことのある男だけに難しかった。

迷いに迷って、美里は銀製の馬のカフスリングを買った。

時計をみると五時近かった。慌てて美里はホテルへ戻った。ウエストポイントへ出かけた客のバスは六時すぎなければ帰って来ないが、市内に自由行動をしている客もある。

ホテルへ戻ってみると、幸いなことに客はまだ一人も帰って来ていなかった。誰もニューヨークの最後の一日をショッピングや見物に時を過しているらしい。

フロントで鍵を受け取り、ロビイを横切った。いきなり、眼の前に人が立ち、美里は声をあげそうになった。

犬丸大介が照れたような表情を浮べて、美里をみた。

「ごめん、ちょっと、来たんだ」

美里の肩を抱くようにして、ロビイへ誘った。

「いつ、ニューヨークに……」

「さっき、三時かな」

突然すぎる大介の出現に美里は混乱していた。

「あたし、明日、ニューヨークを発つのよ」

「わかっている」

「お仕事だったの」

「いや、君に逢いたくなった……」

それだけのために、高い航空運賃を払ってニューヨークまでとんで来たというのか。

「私、まだいろいろ仕事があるの」

うろたえていた。出発前夜のコンダクターは雑用が多い。折角、やって来た大介のためにどれだけ時間を割けるかと心配でもあった。

同時に旅先まで恋人が追って来たことを、もし前川や団体客に知られたら、コンダクターの仕事をなんと心得ているのか、公私混同を責められても仕方がない。

「そんな怖い顔するなよ。ホテルも別にとったし君を困らせるようなことはしないから」

大介にいわれて、美里は我にかえった。

「ごめんなさい。そんなに怖い顔してるかしら……」

あまり驚いたのと、今夜の仕事を考えて、

「あなたに申しわけないと思ったの」

「仕事がすむまで待ってるよ」

顔をみて、少しでも話が出来れば満足だと大介は笑った。

「でも、わざわざニューヨークまで……」

「それは、俺の勝手さ」

「すみません」

気がついて、美里は紙包を出した。

「今、買ったの、お土産に……」

カフスリングをさし出した。

「こりゃあいいな」

早速、大介はワイシャツのカフスをはずした。それまでとめていたのと美里のプレゼントのと手ぎわよくつけ替える。

「いいね、いいだろう」

嬉しそうにみせびらかす。

「使って頂けます」

「勿論、一生、大事にする。ありがとう」

君にもなにかプレゼントしたい、と大介がいった。

「ニューヨークまで来たんだ。一緒に買い物をするくらいの時間ないかな」

美里がためらって顔を上げた時、ロビイに深沢亜稀子の姿がみえた。

モスグリーンのスーツに、シルバーグレイのシルクのブラウスが、憎いほどよく似合っている。

ロビイの客が深沢亜稀子に注目している。

自分を探して入って来たと、美里は思った。

慌てて立ち上った。

「ここです。先程はどうもありがとうございました」

挨拶をして、おやと思った。

亜稀子の視線が美里を通り越して、大介にそそがれている。

大介がゆっくり立ち上った。

「お知り合いなの」

美里にとも、大介へとも受け取れる言い方である。

「ええ」

大介が低くいい、美里をみた。

「深沢さんを知っていたの」

「ずっと前に、平泉でお逢いしたんです。宿が同じで……」

大介とはじめて逢った平泉の旅である。

「平泉……」

大介が思わずというように深沢亜稀子をみた。

「偶然ね。こちら私がこの前、羽田を発つ時も、たまたま羽田へ来ていらしたんですって……」

大介の反応はなかった。

気まずいものが流れ、それは美里を居たたまれなくしていた。

「申しわけありません。私、お客様と打ち合せがございますので……」

亜稀子が制した。

「これ、お父様に、私から……お帰りになったらお渡しして下さらない……」

ネクタイらしい包みであった。

「ありがとう存じます」

夢中で受けとって、美里は二人に背をむけた。

「美里さん、あとで部屋へ電話する……」

大介が叫んだ。

B

「世の中、広いようで狭いのね」

亜稀子が大介を誘ったのは、五番街のビルの最上階にあるバアであった。レストランに附属したバアで、まだ夕食時間に早いその場所は客もまばらで静かに食前酒を傾けている数人がはなればなれに席を占めている。

「なつかしいわ。むかし、よく来たわね」

亜稀子がシェリー酒のグラスを軽くあげて大介をみたが、大介は無言だった。

「美里さんが、あなたの恋人……」

下からすくい上げるような眼をむけて、亜稀子は若い男の表情を窺った。

「そうです」

きっぱりした答が戻って来た。

「そう……で、将来は勿論、結婚を考えていらっしゃるわけね」

「僕のほうは、そうきめています」

「美里さんはきめていないの」

「返事はもらっています。婚約はまだです」

ソフトカーフのバッグから亜稀子が煙草を取り出していた。大介がライターをつけるのを待っている。わかっていて、大介は手を出さなかった。カウンターのむこうのバーテンが、気がついて火をさし出した。

「失礼な方ね」

亜稀子が、煙を品よく吐き出しながらいった。

「そんなに遠くなってしまったの」

「亜稀子さん……」

大介が水割のグラスをみつめたまま答えた。

「あなたとのことは、もう、とっくに終った筈ですが……」

「そうでしたわね」

静かな調子である。語尾に寂しさがただよっていた。

「別れて欲しいとおっしゃったのは、あなたからでしたっけ……」

「いや、それは……」

苦渋が大介の面にひろがった。

「しかし……」

「私からお別れしましょうと申し上げた筈ですわ。私には麻理がいますし、あなたは前途のある青年だし……年齢も違います。私は結婚の出来ない女ですし……」

あの頃、あなたの傍には宮原さんはいらっしゃらなかったのね、と亜稀子は呟くようにいった。

「逢ったのは、今年になってからです」

「どこで……」

大介が沈黙した。それで、亜稀子が気がついた。勘の鋭い女である。

「平泉でしょう、図星ね」

相手が答えないのは肯定の証拠である。

「因縁ね。平泉が、あなたと美里さんの初対面の場所とは……」

細い指先にダイヤがきらめいた。

亜稀子の体からただよってくる香水の匂いが、大介を苦しめていた。大介にとって、それは暗い記憶のある亜稀子の体臭である。

唇をあまり開かずに、亜稀子は話した。それでいて、よく透る声である。

「平泉は私にとって忘れられない思い出の土地……」

その話をゆっくりきいて頂きたいと、亜稀子は男の顔をみつめた。

「僕には、うかがっても仕方のないことだと思いますが……」

大介が腕時計をみた。

「もう、失礼しますよ」

「美里さんは宮原画伯の娘さんでしょう」

止り木を下りかけた、大介の動きが止った。

「そうですが……」

「私、存じ上げていますのよ、宮原画伯を……それで、美里さんに興味を持ったの」

「どういう意味ですか」

不安が、大介の上をよぎった。

「私が二十、宮原画伯は三十三でしたの」

ゆっくり、シェリー酒を口へ運ぶ。

大介は動けなくなった。

「平泉は、私にとって思い出の場所……」

歌うように、亜稀子はいい、軽やかに止り木を下りた。

「それから先をおききになりたかったら、私と一緒にサニーサイドの家までいらっしゃいな、すばらしいものをおみせするわ」

大介はためらった。

亜稀子が罠をかけているような気もする。が、口ぶりは満更の嘘とも思えなかった。昔から、決してその場限りのことはいわない女であることは、大介が承知している。

美里の体があくのは、かなり夜が更けてからに違いなかった。なまじ、ホテルにうろうろしては、美里の迷惑にもなるし、彼女によけいな神経を使わせることになる。

亜稀子とロビイへ残った自分に、美里が不信の念を抱いただろうことは想像がついた。なにもかも打ちあけて、美里の判断を求める覚悟は出来ていた。彼女がどれほど失望し、軽蔑するかわからなかったが、どうなっても美里への恋慕は捨てかねた。過去の傷を、或いは美里が許してくれるかも知れない。しかし、美里の父と亜稀子の間に、なにか介在するのか。

それを思った時、大介の心は蒼ざめた。

サニーサイドの亜稀子の家へ行けば、それがわかるという誘惑に大介は乗った。たとい、亜稀子とどこで二人きりになっても自分の心には美里がいるという思いが、大介を決心させた。

「お供しましょう」

ニューヨークはゆっくりと夕暮から夜に変ろうとしていた。

マンハッタンに灰色のベールが下り、空気は急に冷えている。

広い肩に重荷をしょったような思いで、大介はビルの谷間を、亜稀子のあとから歩いて行った。

はじめての秋

A

コンダクターとして、すべての仕事を終えて部屋へ戻ったのが十一時をすぎていた。

シャワーも浴びないで、美里は大介からの電話を待っていた。

だが十二時をすぎても、電話はかかって来ない。

自分がロビイを出たあと、深沢亜稀子と二人だけになった大介が、今、どこでなにをしているのかと、不安になる。

大介が深沢亜稀子と知り合いだったことも思いがけなかった。

おそらく、大介がニューヨークに居た頃に面識を持ったものであろうが、どういう交際なのか。つまらない推量はするまいと自分をたしなめながら、美里は次第に暗い表情になっていた。

思うともなく、大介との出逢いを考える。

雪の平泉であった。その時、美里は中尊寺で深沢亜稀子をみかけ、その後で、犬丸大介と出逢った。

次に大介と再会したのは、羽田であった。この時の美里はジュッセン夫妻を見送りに行き、たまたま、ニューヨークへ発つ便に乗るらしい深沢亜稀子と、その娘の麻理をみた。

そして、その後、フィンガーデッキで、大介から声をかけられたものだ。

美里の心の中で、なにかがはじけた。

大介と逢った場所に、いつも深沢亜稀子がいる。

ひょっとすると、羽田のあの日、大介は深沢亜稀子を見送りに行ったものではないかと気がついた。

あの折、フィンガーデッキから空をみていた大介の孤独な背中と眼の暗さを、美里は思い出した。

美里を強引に車に乗せて、高速道路を走っている間も、彼が殆んど口をきかず、なにかに心を捕われているようだったのは何故なのか。もしかすると、深沢亜稀子との別れが、彼をうちのめしていたのではなかったろうか。

男が、それほど心をうちのめされる女との関係は、愛以外のなにものでもないような気がする。

受話器が鳴り出した。迷いながら、美里が手をのばした。

思いがけず、国際電話であった。日本からである。

「美里ちゃんか」

声は滝沢六郎にまぎれもない。

「どうしたのよ、いったい」

父になにかあったのかと思った。

美里の留守中、宮原家に入りびたりの六郎である。

「小父さん、元気だよ、俺も元気だ。そっちはどうだい」

美里は肩から力を抜いた。

「なんでもないの」

「ああ、ちょっと、声をきいておこうと思っただけ。日本は天下泰平、なんてことはないよ」

「電話代、高いのに……」

「アルバイトで金が入ったんだ」

元気かといわれて、美里はふと涙ぐみそうになった。大介と深沢亜稀子のことで、心が病んでいる。

「まあまあね。帰りたくなったわ」

甘えた、肉親の兄に訴えているような気持である。

「いやなことがあったのか」

六郎の声が強くなった。

「仕事は順調よ」

「なんだ、いったい……」

「ホームシックよ」

軽く笑った。

「お土産買ったわよ。小父様にも小母様にも兄上方にもあなたにも……」

「早く帰って来いよ」

声に、はっきり不安があった。

「帰ったら、鎌倉へうかがうわ」

明日からメキシコを廻って帰国であった。残っている旅程はあと五日である。

「がんばってるから心配しないで。父のほうをよろしくね、時々、行ってやって
……」

「こっちはまかしといてくれ」

他になにかないかといわれて、美里は心のすみにつかえていたものを、とうとう
吐き出した。

「小父様か小母様にそれとなく、お訊ねしてもらいたいの」

深沢亜稀子という人のことだと美里はいった。

「女か……」

「父の知り合いではないかと思うのよ」

「へえ」

六郎は、かつて鎌倉の家で、美里が深沢亜稀子の名を口にした時の、滝沢夫婦の反応をおぼえていないようである。

「なんだかわからないが、うまくきいてみるよ」

元気だせよ、待ってるから、といい、電話はむしろ、美里のほうから切った。

すでに一時になっている。

美里はシャワーを使った。ベッドへ横になる。もう大介からの電話はあきらめねばならないと思った。

大介は深沢亜稀子と、どこかへ行ったのだろうか。

思うまいと思い、それでも美里の心は乱れ放題であった。

うとうととしたと思うと、もう朝である。出発は早い。

朝食の間も、ホテルのロビイで団体客の世話をしている時も、美里の気持の中には、もしやがあった。

もしや、大介から電話が、もしや、大介が昨日のようにロビイへやってくるのではないか。

しかし、バスはホテルを定刻通りに出て、空港へ向いはじめた。

後半の旅は、美里にとって苦しいものだった。

アカプルコでの最後の休日も、コンダクターの立場では海に入る時間もない。

ハワイよりは、まだ観光化の遅れているアカプルコであった。

大きなホテルがあちこちに建築中で、そのためか、ごたごたした感じがある。

「支倉常長が江戸時代のはじめに来た頃は、なんにもなかったんじゃありませんか」

記念碑のところで、同じコンダクターの岡本が笑った。

「小さな、静かな港町だったんでしょうね」

遠浅の浜が続いていて、港の桟橋はそれほど大きくない。

今でも世界一周の観光船などは、沖に停泊して、モーターボートで客はアカプルコへ上陸する。

夜は流石に星が美しかった。

美里にとって長かった旅も、これが最後である。

「明日はメキシコシティから羽田ですね」

お父さんがお待ちかねでしょうと、岡本は美里を子供扱いにする。

「岡本さんこそ、奥様とお子さんがお待ちかねね」

結婚して三年目の若い夫であった。今度の旅行中、妻と二歳の子に、なにかと土産を心がけていた優しい男である。

結婚したら、岡本のような夫が妻にとっては幸せかも知れないと思ったりする。平凡かも知れないが、穏やかで、つつましい家庭が歳月と共に出来上って行くに違いない。

羽田で団体客を解散にして、一度、丸の内のオフィスへ寄った。事後処理をすませて、家へ帰ったのが夕方である。

「お帰り……」

玄関には六郎が出て来た。

「小父さん、パーティだよ」

友人の画家が個展をひらいたのだ。

「遅くはならないそうだけど……」

六郎は、今夜、泊って行くという。

「一緒に飯を食おうと思ってさ」

通いの小母さんの作った手料理の他に、六郎が焼いた卵料理と、鯛の潮汁が美里の緊張をやっとほぐした。

「驚いたわよ、ニューヨークへ電話してくるなんて……」

六郎が飯をかき込んだ。

「ま、たまにはいいだろう」

なにかいいかけて、別のことを言った。

「深沢亜稀子って、なんだい」

「きいてくれたの」

「親父もお袋も、警戒するんだ。どうして、そんなことを訊くのかって……」

「なんていったの」

「ここの家で、その名前の書いてある紙をみたっていったんだ」

両親は二人とも黙ったという。

「あとで、お袋がいうんだ。そんな名前はもう忘れなさいとさ」

「忘れろとおっしゃったの」

「なんだよ、その女は……」

ニューヨークで深沢亜稀子と逢ったいきさつを話すには平泉と羽田をとばすわけには行かない。

六郎にだけは、なにもかも話しておきたい気持だった。

一人で心の奥にしまい込んでおくには、あまりに荷が重い感じがする。

食事が終っても、話は終らなかった。六郎は黙ってきいている。

深沢亜稀子の話の中で、美里は故意に犬丸大介の部分は割愛した。

とても、話す勇気がない。

美里の話が終った時、六郎は嘆息をついた。

「変な女だなあ」

俺はそういう女は好かないと笑う。

「六郎さんの好みをきいてるわけじゃないわよ」

「モデルになりたがる奴に、そういうタイプがいるよ。一種のナルシシズムがあって、うぬぼれの強い奴……。自分とつき合った男はみんな自分に惚れていて、自分はそいつらを突き放したと思い込んでいるんだから始末に負えない……」

「でも、きれいな女《ひと》よ」

「もう、婆さんだろう」

「三十代よ」

「子供がいるんじゃないか」

「でも、魅力的な人よ」

「関係ないよ」

強く打ち消した。

「むかし、ここの小父上に自分を画いてもらって、その時、お愛想の一つもいわれて、得意になっているんだろう。宮原画伯が私のこと、すばらしいっておっしゃったわなんて奴だよ。気にするほどのことじゃない」

美里は苦笑した。

「大体、ここの小父上は、美里ちゃんのママにぞっこんだったからね。浮いた話もないようだし、第一、そいつを画いた時、美里ちゃんが八つだっていうんだろう。浮気どころか、小父上がもっとも家庭にべったりしてた時期じゃないのかな」

そういわれると、そんな気もする。

その頃、父はよく美里と母を連れて旅行をした。動物園や遊園地にも出かけた記憶がある。

「後片付は俺がやるよ。お風呂へお入りよ」

六郎はエプロンをつけて、台所へ入る。

「よしなさいよ、男が……」

「家じゃいつもやってるんだよ」

そういわれてみると、滝沢家は男ばかり三人の兄弟が交替で家の掃除や皿洗いを手伝っている。

風呂から上った時、父の一樹から電話があった。

やはり、二次会へ流れて行っている。

「早くやすみなさい。時差で疲れているだろう。話は明日、ゆっくりしようじゃないか」

いつもと変らない父の声に、美里は安心した。

ニューヨークで深沢亜稀子と逢った一日のことが、いつの間にか遠くなっている。

「さあ、おやすみ、留守番は俺がするからな」

六郎にいわれて、美里はその気になった。

日本へ帰って来て気がゆるんだのか、疲労が一度に出たような感じがする。

「じゃ、悪いけど、お先に……」

二階へ行く階段を上りかけた時、下から見上げていた六郎が、ふっといった。

「犬丸君だけど、ニューヨークへ行ったそうだよ。逢わなかったか」

美里は立ち止った。

嘘はつけないし、といってあの事情を細かに説明する気もなかった。

「ホテルへ訪ねてくれたの。でも、ロビイで話をしただけ、あたしは仕事だし、彼は深沢さんと出かけたわ」

六郎があっという顔をした。

「深沢亜稀子かい」

「前からの知り合いらしいの」

美里は、つとめて微笑した。

「おやすみなさい。パパをお願いね」

「毎度のことだ。戸じまり、火の用心はまかしとけ」

六郎の明るい調子に、美里ははげまされたように寝室へ上って行った。

「おやすみ」

陽気に手をふったくせに、居間へ戻って来た六郎の表情は複雑だった。

そのまま、腕を組んで石になったように動かない。

外は風が出て来たらしい。

遠く山の手線の走る音が聞えてくる。

原宿の表通りは夜になっても賑やかだが、ここまで路地を入ると、その喧騒は聞えなかった。

行き止りの路地だから、入ってくる車は近所の家のものぐらいで、夜更けになると靴音が聞えるほど静かになる。

B

翌日、美里が目ざめたのは、十時すぎであった。

階下へ行くと、一樹がコーヒーを入れている。六郎の姿はなかった。

「午後から横浜のほうに用事があるそうでね。さっき、帰ったよ」

テーブルの上に、昨夜、美里がパパへお土産とメモをしてのせておいたパイプの包が、もう開いてある。

「いいパイプだ。使い心地が実にいい」

一樹は嬉しそうだった。

「こりゃ高い買い物だったろう」

「これでも高給をとっていますので……」

どうしたものかと迷いながら、結局、美里は深沢亜稀子からことづかったネクタイの包をとり出した。

「パパ、深沢さんって知ってる……」

「深沢……」

一樹の表情は変りなかった。ゆっくりとパイプに煙草をつめている。

「深沢亜稀子さん、パパの画のモデルになったことがあるんですって。ニューヨークでお逢いしたら、これをパパにってことづかって来たのよ」

「ほう……」

紙包を手にとった。

「なんだろうね」

「ネクタイじゃないかしら」

「あけてみておくれ」

美里へ渡した。

「いいの。あけても……」

「まさか、爆弾じゃあるまい」

笑っている一樹のどこにも暗いものはない。

美里は丁寧に紙包をあけた。

やはりネクタイである。

サックスというデパートの品物で、帆船の模様が今年の流行であった。

「ほう、こりゃいいね。少し、派手かな」

「そんなことはないわ。アメリカ人はもっと派手よ」

趣味のいいネクタイであった。如何にも一樹に似合いそうである。

「深沢さんって、どういう方なの」

さりげなく、美里は訊ねたが、父に対する疑惑はもうなくなっていた。

六郎がいうように、単なる画家とモデルのつき合いに違いない。

「お父さんは画商だったよ、もう歿ったがね。なかなかのやり手だったが……娘さんはたしかアメリカ人と結婚したような話だったが……」

それでニューヨークにいるのだろうと一樹はいった。

亜稀子に対しては、その程度の知識しかないらしい。

「昔は、なかなか、きれいな人だったよ」

「今もきれいよ。びっくりするくらい……」

「もう四十近いかな」

「さあ、でも若いわ」

美里は安堵した。

少くとも、不安は一つだけ消えたように思う。

「おい、食事にしないか、待ってたんだよ」

父に声をかけられて、美里は足音も軽く、台所へ入って行った。


十一月になった。

六郎は鎌倉の家を午すぎに出た。

犬丸大介に指定された喫茶店は日比谷であった。

ガラスのドアを押すと、犬丸大介はもう来ていて、すみのテーブルについている。

六郎は少し眼を伏せて、大介の前へ行った。

「遅れてすみません」

「いや、僕が早すぎたんです。まだ十分もありますよ、約束の時間には……」

ウエイトレスに六郎はアイスコーヒーを頼んだ。

「僕に訊きたいことって、なんですか」

電話で、六郎は宮原一樹の友人の息子で、美里とは幼友達と名乗り、少々、訊ねたいことがあるから、三十分でもいい、逢ってもらいたいと申し込んだ。

「滝沢六郎さんですね」

電話でいっただけなのに、大介は名前を正確に記憶している。

「美里さんの幼友達だそうですが……」

それに、六郎は答えなかった。

「お訊ねしたいのは、深沢亜稀子という女性についてです。どういうつきあいですか」

大介は六郎をみつめた。

「美里さんが、訊いてくれといったんですか」

「いや、彼女はなにもいいません。これは、僕個人の関心です」

「お答えしたくありませんね」

大介が重くいい、うつむいた。

「ニューヨークから帰って、美里ちゃんに逢いましたか」

大介が眉をしかめた。

「いや、まだです」

「原因は深沢亜稀子ですか」

六郎は相手を凝視した。

黙って煙草をとり出した大介の指先に動揺があった。

窓越しの舗道に陽が当っている。道を行く人の服装は、もうすっかり秋の色であった。

冬の月

A

長い時間を、六郎は考え込んでいた。

自分の前に、犬丸大介がすわっていることも忘れたように考え込んでしまったのは、或ることを大介にいうべきか否か、迷っての上である。

大介のほうが、二本目の煙草をもみ消した時、その沈黙を破った。

「滝沢君は、美里さんの幼友達といいましたね」

大介の思考は、本題を離れて、そんなところにこだわっていたらしい。

「そうです」

六郎の答は明快であった。

「単に、幼友達ですか」

「残念ながら、今のところはそうです」

再び、大介が煙草に火をつけた。

「そうすると、お宅と美里さんの家庭とはおつき合いが深いわけですね」

「僕の父と美里ちゃんの父が兄弟同様の仲です。又僕の母と、歿った美里ちゃんのお母さんが、やはり姉と妹のようなつき合いでした……」

大介が煙草の煙の中で、苦渋に満ちた顔を少しあげた。

「では……あなたは……深沢亜稀子さんと、宮原画伯について知っていますか」

暫く、六郎は返事をしなかった。コップをとり上げて、ぬるい水を飲む。

「実は迷っていたんですよ。そのことを、犬丸さんにいうべきかどうか」

「どうしてですか」

「犬丸さんが、深沢亜稀子とかかわり合いを持ったことがあると判断したからです」

大介が視線を上げかけて伏せた。

「犬丸さんは過去において、なんらかの形で深沢亜稀子とかかわり合いを持った……別にとがめているわけじゃありません。過去は過去、現在は現在だということぐらい、僕だってわきまえています」

「宮原画伯は深沢さんの画を描いている」

苛々と大介が遮った。

「僕は見せられたんだ。彼女の部屋で……その画を……」

「美里ちゃんも見せられたそうですよ」

「やっぱり……」

唇を噛み、大介は両手をテーブルのふちで深く組み合せた。表情はいよいよ暗く、救いようのないものになっている。

「深沢亜稀子は、宮原画伯とのことを、どんなふうにいっているのですか」

六郎が逆襲した。

「初恋の人だといったんです」

「それだけですか」

「あとは、画をみてくれとだけ……」

大介の瞼に、薄暗い亜稀子の寝室の壁にかけてあった華麗な亜稀子の裸体画が浮んでいた。

美里の父、宮原一樹を初恋の人と呼び、自分から裸体画を所望した亜稀子の情熱を、十五年前の宮原画伯が、どう受けとめたのか。

もし、亜稀子と美里の父に、男と女の関係があったとすれば、大介の美里に対する恋は絶望的であった。

おそらく、美里も、そして誰よりも宮原一樹が、大介と美里の結婚を許すわけがなかった。

「あとは画をみてくれといったんですか」

六郎が呟いて、やはり暗い表情になった。

宮原一樹の画いた深沢亜稀子像が裸形であることは、六郎も知っている。美里は、はっきりいっていないが、着衣の深沢亜稀子を父親が描いたのなら、あれほどショックを受けるわけがなかった。

「僕も、本当のところはわからないんです。おそらく、父か母は真相を知っているでしょうが、まず、誰にも喋るとは思えません」

しかし、六郎は考えていた。父と母が、深沢亜稀子という名前に、あれほどの拒否反応をみせたのは、宮原一樹と彼女の間に、なにかがあったという証拠にはなるまいか。もし、何事もないなら、むしろ、あっさりと、

「ああ、その人なら……」

と、かつて宮原のモデルになった女について、息子の質問に答えた筈である。

六郎は、改めて、自分が深沢亜稀子の名を口にした時の、母の千代枝の表情を思い出していた。

普段、明るく、物事に動じない千代枝が、顔色を変え、嫌悪の情をはっきりみせたものである。

宮原一樹の歿った妻と姉妹のような交際を続けてきた千代枝にとって、もし、宮

原一樹が妻以外の女に心を動かした時期があったとしたら、そしてその女が深沢亜稀子だとするなら、彼女に対して激しい憎悪を永遠に抱き続けても不自然ではない。が、それだけで、深沢亜稀子と宮原画伯の間に、なにかがあったと断定するのも乱暴な気もする。

どちらかというと、昔の女学生がそのまま年をとったような千代枝の潔癖さからいえば、仮に深沢亜稀子が宮原一樹に淡い恋心を持ったというだけで不快感を持つに違いなかった。

真相は、やはり宮原一樹と深沢亜稀子が真実を打ちあけなければわからないことである。

「わざわざ呼び出して、いやな話をして申しわけありません。僕としては、美里ちゃんが一人で悩んでいるのが、不愍でならなかったし、正直いって、彼女の気持を乱したまま、知らん顔のあなたにも腹が立って面会を申し込んだわけです」

お手間をとらせましたといい、六郎は伝票をとって席を立った。

「勘定は僕がします」

大介がいったが、

「いえ、お呼びしたのは僕ですから……」

六郎はさっさとレジスターで金を払い、目礼を残して店を出て行った。

打ちのめされたように、大介は暫くすわり込んでいた。

深沢亜稀子との過去が、こうした形で美里との結婚の障害になろうとは、歯がみするほどの思いでもあった。

が、それとは別に、滝沢六郎という新しい存在が、大介を茫然とさせていた。

美里の身辺に、あのような好青年がいたとは思いがけなかった。

年齢からいっても、親同士が親類同様の間柄ということからしても、滝沢六郎が宮原美里を愛し、美里がその愛を受け入れれば、二人の結婚はなんの障害もなく進むと思われた。

少くとも、滝沢六郎には、大介のニューヨーク時代のような過去はあるまい。

おそらく、少年の日から美里を愛し続け、その愛をひそやかにあたためて来た六郎であることは、僅かな対話の中にも察しられた。

大介という男が、突如、美里の生活の中に登場しなければ、今頃、六郎はすでに美里にプロポーズし、美里がそれにうなずいていたかも知れないのだ。

ニューヨークで別れて以来、日々遠くなりつつあった美里の存在が、更に、大介の手の届かないところへ行ってしまうような気がする。

喫茶店を出て、日比谷の街をどう歩いたか、大介は意識していなかった。

道のすみに公衆電話のボックスがある。

美里に逢いたいという気持を、もはや大介は抑え切れなかった。

六郎に対して卑怯だと思う、後めたさがなかったわけではないが、ダイヤルを廻す指は慌しく美里の勤めている旅行社の電話番号へ走っている。

美里はオフィスに居た。

大介が名を告げると、一瞬、ひるんだような気配が受話器のむこうに、はっきり感じられた。

「逢いたいんです。仕事が終ったら、来てくれませんか。来てくれるまで、Tホテルのロビイに居ます」

返事を待たずに切った。

気がついて時計をみると五時近くなっている。

街はもう黄昏《たそが》れていた。

B

原宿の宮原家へ行って、美里に逢いたいという気持を、六郎は無視した。

今日行けば、自分がなにを美里へいい出しかねないか自信もない。

美里の心に大介という男が生じた時から、六郎を苦しめ続けた失恋の痛みを今日の彼はあまり意識していなかった。

大介と美里の結婚は、どう考えても美里を幸せにするとは思えなかったのだ。

大介に、過去のあやまちがあるのは、まだ男のことで致し方ないという考え方も出来よう。美里が、そんな彼の過去を許す気になり、彼自身、美里への愛情に今後、忠実であれば、はたから口を出す余地はなにもない。

しかし、宮原画伯と大介が時を異にして一人の女とかかわり合いを持ったとなると、話は複雑であった。

なによりも、六郎が怖れるのは、深沢亜稀子と大介の過去を問いつめて行った結果、美里が、思いもよらない父親の過去をあばき出してしまうのではないかということであった。

それは、幸せそのものにみえた宮原家の父と娘に、どんなショックを与えるか。平和な水面に、なにも十五年も前の出来事をむし返すことで、石を投じる必要はなかった。

美里の気持を大介から、強引にでも切りはなすべきだと六郎は考えた。

大介を美里が忘れてさえくれれば、宮原家の平和はこのまま保てる。そして、それは美里にとっても幸せなことではあるまいか。

「第一、もう、俺は誰にも美里をやる気にはなれない」

口に出して呟いて、六郎はそう気がつくことの遅さを、自分に対して腹を立てた。

折が来たら、美里に愛を告白してと、何度も思っていながら、幼い日からあまりに親しすぎた照れのために、ずるずると日を送っていたのが、愚かであった。

その気になれば、美里を腕の中に抱きしめる機会はいくらでもあった。

体の中の血が荒れ出しているのを、六郎は感じていた。

この状態で美里と逢うのは避けねばなるまいと思う。

横須賀線に揺られながら、六郎は窓外をみつめ続けていた。

電車は間違いなく、北鎌倉の我が家へ向って走っているのに、六郎の心はむしろ、美里へ美里へと馳け出したがっている。

北鎌倉の駅へ下りた時、もう日が暮れかけていた。

明日は宮原家へ行こうと、今、あきらめて帰って来たくせに、六郎の気持は、もうそこへ向っている。

玄関をあけると、女物の靴があった。

瞬間、六郎は美里を連想したが、女物の靴は、美里の好みのものではないし、サイズも違う。

応接間のほうで人の声がしていた。

足音を忍ばせるほどのつもりはなかったが、そっと近づいてドアの外に立ったのは、来客が誰かわからなかったためである。

「いったい、あなた、なにがおっしゃりたいの、なんのために日本へ帰っていらっしゃったの」

思いがけない千代枝の声である。

息子達が観音様とニックネームをつけるほど、おだやかで、おっとりしていて、滅多に大きな声をたてたことのない千代枝にしては珍らしい激昂ぶりである。

「なんのためとおっしゃるのでしょうか」

澄んだ声は、むしろ沈んでいた。声の底に或る寂しさが残った。

「私、これでも日本人ですもの、日本へは帰りたくなります。どんなに苦しい思い出が日本にあっても……それ故に、どうしても帰らずには居られないのかも知れません」

六郎は廊下を抜けて裏口から庭へ出た。

軒を伝わって、応接間の横へ足音を忍ばせる。

もう、すっかり黄ばんだ蔦の葉のからまったテラス越しに、応接間の中がみえた。

千代枝が庭へ斜めに背を向けていて、その前側に女がすわっていた。

美しい女客であった。

容貌の美しさもだったが、身のこなしが水ぎわ立ってみえる。

黒いシルクのワンピースをアクセサリーだけで着こなしているのは、アメリカ的というより、むしろ、パリ好みであった。

髪のまとめ方も、プラチナのアクセサリーも、けばけばしさは少しもなく、地味にシックにと心がけているようなのに、女の全体の印象は花のように華麗であった。

古ぼけて薄暗い、この家の応接間が、その女の居るあたりだけ、いきいきしてみえるのは、薔薇の咲いた垣根が、花のおかげで華やかにみえるのに似ていた。

女客の姿はみえたが、逆に会話は聞えなくなった。

テラスも、部屋のガラス戸もきちんとしまっているせいである。

母がふっとハンカチを眼にあてる動作をした。なにかを女客に訴えている。

客の女は何者だろうと思った。三十そこそこでもあろうか、その年齢にしては落つきすぎているような気もする。

女が立った。挨拶をするたびに、女の体が美しい曲線をいくつも作った。

母がついて玄関へ出て行く。

裏口から上りかけた時、玄関のドアのしまる音がした。客は出て行ったらしい。

廊下に足音がした。電話をかけている。

「あなた……」

千代枝の声が、どこかに居る夫へ受話器を通して呼んでいた。

「大変よ、あなた。どうしましょう、深沢亜稀子さんがみえたんです」

母の声をそこまできいて、六郎は裏口からとび出した。

車でも待たせてあれば追いつけまいと思ったが、道へ出てみると、駅の方角へ向って黒いコートの後姿がみえた。

「失礼します」

六郎は女の前に廻った。相手は警戒をみせて足を止める。

「深沢亜稀子さんですね。僕は滝沢六郎、今の家の三男です」

「千代枝さんの息子さんですのね」

表情を変えずに、六郎をみる。

「ちょっとお訊ねしたいことがあるんですが、十分でも十五分でもけっこうです。つき合って頂けませんか」

亜稀子はうなずいた。

タクシーを止めて、六郎は亜稀子を鎌倉から江の島へ向う途中の喫茶店へ案内した。

コーヒーの旨い店で、室内装飾も気がきいている。

季節はずれで、店の中は割合にすいていた。

もっとも、ここへ来るのは、鎌倉在住の客が圧倒的で、東京からの行楽客で混み合う季節は、むしろ敬遠する。

店のテラスの下は海であった。

磯の香が僅かにする。

「深沢さんは宮原一樹氏のモデルをなさったことがありますね」

単刀直入に、六郎は本題に入った。

「宮原画伯とは、どういう御関係ですか」

亜稀子は六郎をみつめたままであった。表情にはさっきから少しの変化もない。

「なぜ、そんなお訊ねをなさいますの」

穏やかな声の底に、ひんやりしたものが流れている。

「宮原美里さんと犬丸大介さんの恋愛のためでしょうか」

相手の頭のよさに、六郎は敬服した。

「無論です。もし、深沢さんと宮原画伯の間になにかが介在したとしたら、この縁談は成立しそうもありません」

「そうでしょうか」

マニキュアをした指が、コーヒーのスプーンをとった。

「人の過去とは、そんなに重いものでしょうか」

「しかし……」

六郎が、相手の優雅さをはね返すように続けた。

「あなたが、日本に帰ってみえるのは、その過去のためではないのですか。我が家をお訪ねになったのも、過去の重みのためではなかったんですか」

波の音がした。風が出て来ている。

海の上に月が出ていた。雲が月をかすめて激しく動いている。

「あなた、美里さんの恋人……」

ふっと亜稀子が微笑した。

「お好きなのね、美里さんを……」

六郎は視線を逸らさなかった。

「愛していますよ、美里を……」

「美里さんは、犬丸大介さんをでしょう」

「そうです」

「それで、私と宮原画伯のことをお知りになりたいの」

「それだけじゃありません」

「でも、そうでしょう」

「要するに、美里を愛しているからです」

「愛していれば、人にどんなことをしてもかまわないのかしら。愛という言葉の前には、人の心をひきめくるようなことをしても、人を傷つけても、人を叩きのめしても……」

「それは、あなた自身にもあてはまるんじゃありませんか」

亜稀子が眼を空へむけた。

「そうですわ、私、自分のことを申して居りますの」

亜稀子の横顔の清冽さに、六郎はたじろいだ。磨ぎすまされた冬の月をみるような、女の表情である。

「人は不自由なことを致しますのね」

コーヒー茶碗へ視線を落とした。

「ひなたにうずくまって居たら、平和で穏やかな日々が約束されていますのに、なにを迷って、無駄にあがくのでしょう。眼を閉じていれば青空が浮んでいるのに、他人の庭をのぞき込んで、嵐を自分の心にまで運び込む、不幸を承知で、打ちのめされるまでそっちへ歩いてしまう」

眼が六郎を捕えた。

瞬間だが、女の眼に妖しいものが宿った。

「六郎さんとおっしゃいましたわね」

若い男の顔を凝視した。

「あなた、愛していらっしゃるなら、美里さんを奪っておしまいなさい。それが、愛というものでしょう」

六郎は月へ眼を逃げた。

「私、犬丸大介さんにも、そう申しましたの。美里さんが好きなら、なんであれ、まず奪うことだと……」

月に雲が流れて、六郎の心は俄かに騒然となった。

告白

A

深沢亜稀子と別れて、滝沢六郎は北鎌倉の家へとんで帰った。

受話器をとって、まず原宿の宮原家のダイヤルを廻す。

電話口に出たのは、宮原一樹であった。

「美里は、さっき、電話があってね、友達と食事をして帰るといっていたが……」

穏やかな一樹の調子に、六郎は嚙みつくような声を出した。

「友達って、誰ですか」

「さあ、名前はきかなかったが、同じ旅行社の人ではないのかな」

「犬丸君ではないでしょうね」

「いや、犬丸君なら、犬丸君だというだろう……」

どうしてかね、と反問されて、六郎はやっと我に還った。

「いえ、ちょっと、美里ちゃんに用があったんです」

これから、そちらへうかがいますといい、六郎はいそいで受話器をおいた。

台所のほうで、庖丁の音がしている。のぞいてみると、母の千代枝がキャベツを切っていた。母の背に屈託がある。おそらく、先刻、深沢亜稀子と逢ったショックの名残りだろう。

「母さん……」

千代枝の背へ声をかけた。

「俺、出かけるけど……」

驚いたように千代枝がふりむいた。それまで、帰って来た息子に全く気がついていなかったようである。

「出かけるって、今、帰って来たんじゃないの」

「そうなんだけど、用事が出来ちゃったんだ。今夜、美里ちゃんの家へ泊るよ」

千代枝の眼の中に、狼狽が走った。

「美里ちゃんのところねえ……」

明らかな困惑があった。これから息子が宮原家を訪問するのはまずいと考えている眼の色である。

「どういうことだよ。母さん、なにか、僕が美里ちゃんのところへ行っては具合の悪いことでもあるの」

おそらく、深沢亜稀子に関係のあることと判断しながら、六郎は千代枝の顔色を探った。

「今、お父さまが宮原さんへ行っていると思うのよ」

嘘のつけない女であった。適当なごま化しの出来る千代枝ではない。

「親父が……」

父親が宮原家を訪問しているからといって息子がそこへ行ってはまずいという理由はない。

「ちょっと、こみ入った話でお邪魔してるから……」

やはり、深沢亜稀子のことに違いなかった。

六郎は、とぼけた。

「いいよ。俺、宮原さんへ行くの、遅くなるんだ。他にもちょっと寄って行くところがあるから……」

「遅くなるって何時頃……」

「九時すぎると思う」

千代枝が考えて、やっとうなずいた。

「それならいいわ。お父様に電話をしておくから……」

「あきれたね。そんなに俺の耳に入れたくない内緒話なのか」

「違いますよ。宮原さんのほうのことなの、うちのことじゃありません」

母の口調がいくらかほぐれて来ている。

「美里ちゃんの縁談だろう」

故意に的はずれをいってみる。が、母の反応は思いがけなかった。

「まあね、一樹さんがお父さまに相談したいとおっしゃるから……」

六郎が慌てた。

「美里ちゃんの縁談なの」

「お前、知らなかったの。犬丸大介さんっていう銀行家の息子さんとですってよ」

六郎は沈黙し、台所を出た。

考えてみれば、宮原一樹は深沢亜稀子と犬丸大介の関係を、まだ知らない筈であった。犬丸大介は正式に、宮原家へ美里との結婚の申し込みをしているわけではないが、彼の意志は美里を通じて宮原一樹に伝えられている。

宮原一樹が親友に、娘の縁談について相談を持ちかけたとしても不思議ではなかった。

そして亦、六郎の父の滝沢三郎にしても、深沢亜稀子と宮原一樹を結ぶ線は知っていても、美里の縁談の相手である犬丸大介と深沢亜稀子のつながりはまるでわかっていない。

この縁談は、犬丸大介と美里の知らないところで、すでに、かなり進行しているのではないかという不安が六郎を捕えた。

コートに手を通しながら、無意識に腕時計をみる。すでに七時をすぎていた。

B

オフィスを出た時、美里の気持は、まだ迷っていた。

一方的に電話を切った大介に対して、行くと約束したわけではないのだから、このまま、すっぽかしてもかまわないと思い、そのくせ、足はTホテルへむかって歩き続けている。

大介と逢うのは怖かった。

ニューヨークで、ああいう別れ方をして以来である。今度、逢ったら大介がなにをいうのか、今日までさまざまの想像をして来た。

その想像のどれもが、決して幸せなものではない。出来ることなら、生涯、聞かずに終りたいくらいのものである。

が、聞かずにすませられることではないのは、誰よりも美里が知っている。

Tホテルのロビイは活気に満ちていた。人が動き廻り、会話がそこここで起っている。

大介の姿はどこにもなかった。

ロビイを一巡し、美里は暫く柱のかげに立っていた。

なにか用事が出来て、たまたま、ロビイをはなれたとも考えられる。

三十分余りを、美里はそこに居た。

あきらめたのは、アメリカ人らしい観光団がバスを下りてロビイへ入って来た時であった。

肩を落してロビイを出て行く美里を大介は中二階からみていた。

いえない、と改めて思う。

深沢亜稀子との過去を、どういう形で美里に告白したらいいのか、自分から泥にまみれて暮したニューヨークの暗い時代を、美里に理解してもらうのは、彼にとって屈辱でしかなかった。

美里が去ってから、かなり長い間、大介はそこを動かなかった。

代官山のアパートへ帰ったのは、十時をすぎていた。

鍵をあけて冷たい部屋へ入る。とたんに電話のベルが鳴った。

とりあげてみると、思いがけず、父の忠行からである。

「遅いじゃないか。どこへ寄っていた……」

父の声がひどく機嫌がいい。

「今日、宮原さんに逢ったよ」

思いがけないことをいわれて、大介は絶句した。

「偶然だが、銀座の画廊でお逢いしてね。昼食にお誘いしたんだ。お前のことを話して、美里さんを嫁に頂きたいと申し込んだよ」

「お父さん……」

「宮原さんは、何事も当人同士がよければといわれてね、その点はもう問題がないので、日をえらんで正式に婚約の使者をさしむけるというところまで話をすすめて来た」

「待って下さい。お父さん……」

父親は息子の動転を、喜びのためと解釈したようである。

「今更、照れることはない。こまかな打ち合せもあるから、一度、田園調布のほうへ来なさい。今度の日曜日は自宅にいるよ」

電話が切れたのを、大介は気がつかなかった。

父親の先走りをとがめることは出来なかった。美里との結婚を許してくれといい、美里の父親に逢って、縁談を進めてもらいたいと頼んだのは、大介自身である。

父親は息子のために美里の父親に逢い、結婚話を進めた。

そのことに今更、不服をいうのは筋違いであった。

その時、ドアがノックされた。

咄嗟に大介は美里かと思った。もし、美里がここまで自分を訪ねて来てくれたのなら。

だが、ドアをあけた瞬間、大介は記憶にある香水の匂いを嗅いだ。

深沢亜稀子は黒いコートの肩をすくめるようにして立っている。

「どうして、ここがわかったんです」

このアパートの住所は、知らない筈であった。

「あなたのお父さまにうかがったの」

「父に……」

大介を押しのけるようにして、亜稀子は部屋へ入った。コートを脱いで、リビングの椅子にかける。

「相変らず、きれいに暮しているのね」

亜稀子がニューヨークの大介のアパートを故意に思い出させようとしていることを大介は意識した。

ニューヨークのブロードウェイに近い、安アパートに、何度か亜稀子は訪ねて来た。

「どうして、父に逢ったんですか」

亜稀子のペースに巻き込まれまいとして、大介は声を荒くした。

「よくお目にかかるのよ。勿論、仕事で……」

「仕事……」

「フランスの美術コレクターと橋渡しをしてさし上げていますの」

「なんですって……」

亜稀子が、歿ったアメリカ人の夫の仕事の関係もあって、アメリカやフランスの美術商と懇意にしているのは、大介も知っている。

時折、彼女がそうした仲間を紹介して、表向きには動かせないような美術品の売買に一役買っているのも、まるっきり知らないわけではない。

が、銀行家である父の忠行が、まさか、そうした仲介で、深沢亜稀子と知り合うとは思いもよらなかった。

「近頃は日本もたいしたものね。世界を股にかけて大きな買い物をする商社がふえているんですもの」

脚を組み、亜稀子はニューヨークで、大介にそう命じたのと全く同じ調子で、コーヒーをいれて下さらない、といった。

いくらか、ためらいながら、大介は戸棚をあけ、コーヒーポットを出す。

「父が、買うんですか」

「いえ、お友達ですって……」

「どのくらいの買い物ですか」

「ざっと二億かしら」

　さらりといって、煙草をとり出す。

「宮原美里さんとの縁談、おすすめして来たわ。美里さんというお嬢さんには、ニューヨークでお目にかかったことがありますけれど、とても、いいお嬢さんだったと申し上げてね……」

　大介の手が止った。

「勘違いなさらないでね、私、ニューヨークで大介さんとお親しかったなんて、一言も申し上げていませんのよ」

「どういうことですか」

「別に……あなたのお父さまに、宮原美里さんはいい方だから、大介さんとは、この上もない御良縁ですと申し上げただけ……いけませんでした」

　いくらか受け口の唇から、煙草の煙がゆるやかに吐き出される。

「深沢さん……」

　大介はポットをおいて、亜稀子の前に立った。

「教えてくれませんか、あなたと宮原画伯との過去です」

「ですから、申し上げたでしょう。宮原画伯は私の初恋の人……」

「僕がききたいのは……つまり、肉体的な関係があったか否かです」

「失礼な質問をなさるのね」

少し笑って、亜稀子は大介をみつめた。

薄いシルクジョーゼットのブラウスの下には、なにも着ていない。形のいい乳房が、くっきりとすけてみえる。

大介は思わず眼を逸らせた。

「別にかまわないじゃありませんか。私と宮原画伯になにがあっても……」

「そうは行きませんよ」

「どうして……」

甘えたいい方は、大介にからみつくようであった。

「あなたは、宮原美里さんを愛して結婚なさろうというのでしょう。別に、なにか困ることがございまして……」

「とぼけるのもいい加減にしてくれ」

遂に、大介はどなった。

「君は、なんのために……」

「あたしが、あなたに未練があって、あなたの結婚を妨害しているとでもおっしゃるの。でしたら、お門違い。私はあなたのお父さまに、この結婚は良縁と申し上げているんですのよ」

音もなく立ち上った。

大介が気がついた時は、もう大介の背に軽く体をあずけるようにしてよりかかっている。

両手がさりげなく、男の肩を抱いていた。

「あなた、あたしに夢中だったわね」

男の耳に女の息が触れた。

「あの頃のあなたは、あたしを欲しがって、けだもののような眼をしていたわ」

「よせよ」

亜稀子を払いのけようとしてふりむき、大介は逆に亜稀子と正面から向い合う恰好になった。

「あなたはあたしを抱いたわ。長いこと、あたしを追い廻し、おあずけをくった果てにやっと……」

亜稀子の指が、大介に触れた。

「あたしは知っているのよ。どうすれば、あなたが喜び、どこがあなたの……」

「深沢さん……」

辛うじて、大介は女の手を退けた。

「あなたらしくもないじゃないですか。僕達のことは終ったんだ」

「あたしが拒絶したの」

亜稀子が微笑した。

「もう、別れましょう、これっきりにしてくれと申し上げたのは、私のほうなのよ。あなたは泣いたわ」

「やめてくれ」

「本当のことじゃないの、あの時、あなたは泣いて、あたしを殺したいといったのを、もう忘れたの」

「しかし、君は別れたんだ。君の都合のために……別れたんじゃないか」

「あたしが、この前、日本に帰って来たときも、あなたは、私を追いかけて平泉まで来たわ。結局、私はあなたにつかまらなかったけれど……」

「忘れようと努力していたんだ……しかし……」

大介は首をふった。亜稀子の唇を避け女の体を押しのける。

亜稀子はそのまま、壁に向って立っていた。

「美里さんのことは、あたしを忘れるためなのでしょう」

壁をむいたまま、いった。

「違いますよ」

「そうだわ、あなた気がついていないのよ。あたしを忘れようとして、その対象に、あの子を求めていたのよ」

よく考えてごらんなさいと、亜稀子は勝ち誇ったように続けた。

「美里さんに逢ったのは平泉でしょう、二度目が、私を送って来た羽田……あの時のあなたは打ちのめされていたわ。私に拒絶されて……」

「違う……」

「どこから心が変ったの」

「悪いけれど……」

大介が低くいった。

「美里は、君とは違うんだ」

「そうかしら……」

「君とのことは、その時は真実と思っていた……しかし、今になってみると……」

「遊びじゃなかったわ。少くとも、あなたはね。その証拠に、あたしを殺したいと思ったでしょう」

「殺せなかった……、結局、命がけになれなかった……」

「逃げ口上よ」

「そうかも知れない。しかし、美里のことは、僕にとって、はじめての愛なんだ。君を忘れるためじゃない……はじめて、めぐり合った……」

「大介さん……」

激しい声であった。

亜稀子の眼の中に妖しいものが浮んでいる。

「あなた、美里さんを抱いてないのね」

唇だけで笑った。

「抱いてみたらわかるわ。女なんて、そうなってしまえば、みんな同じもの。抱きたくても抱けないから、そんなことをいうのよ。あたしとの時を思い出してごらんなさいな」

手をのばしてコートをとった。

「帰るわ」

ドアのところで立ち止った。

「あなた、美里さんと結婚しなさい。そうすれば、あたしがあなたにとって、どんなに貴重な存在だったか、よくわかるわ」

優しい微笑が、亜稀子の顔にただよっていた。

「とにかく、美里さんと結婚したかったら、私とのことは、決して口に出さないことよ。過去は忘れましょう。私も、口外しないわ。私の名誉にかけてもね」

ドアがしまって、大介は椅子に腰を下した。

胸の中をかきまわされたような悪感が、いつまでも続いている。

この屈辱の過去を生涯、背負い続けるのはたまらなかった。

すべてを、かくして美里と結婚しろといった深沢亜稀子の本心は、どこにあるのかと大介は考える。

すでに、犬丸家と宮原家の間では、双方の父親を通じて、大介と美里の縁談が進行しているのだ。

美里はどう答えるだろうかと思った。

おそらく、今夜にも、宮原一樹から大介への気持をたずねられているに違いない。

電話のベルが鳴っていた。

一呼吸おいて、大介は取った。

美里であった。大介は緊張した。

「申しわけありません。さっきは……ロビイでお待ちしているといいながら……結局、勇気がなくて……」

「そのわけをきかせて頂けませんか」

細い声で美里がいった。

「父から、お返事をするようにいわれましたの。大介さんのお父さまにお目にかかったそうです……」

「わかりました。お目にかかりましょう。明日でいいですか」

時間と場所をきめ、大介は電話を切った。すべてを美里に打ちあけなければと思いながら、一方では、決して打ちあけるなといった深沢亜稀子の言葉が、大介の心の奥に黒い根をおろしている。

マンションの窓から、大介は夜の街をみつめていた。

幼馴染

A

大介への電話を切った時、玄関のベルが鳴った。

「お父さま……?」

ドアの内側から声をかけると、

「六郎……」

美里には耳馴れた返事が戻って来た。

この家を我が家同様に心得ている男のことだから、何時にやって来ようと、美里も驚かない。

「一人か」

さっさとスリッパ入れから自分用にきめているのをひっぱり出して、鍵をかけている美里をふりむいた。

「小父さまとデイトよ」

「うちの親父が」

「小父さまから、お電話があって出かけたの。そう遅くはならない筈だけど……」

リビングは春のようであった。

「夜のお食事、まだじゃない」

美里に訊かれて、六郎は空腹を思い出した。

一日中、食事らしい食事をしていない。

「ヌードルなら、すぐ出来るけど……残りものでよければ、シチュウもあるの」

「どっちも食うよ」

美里の顔をみたら、と思いつめて来たのが、この部屋の雰囲気の中で、あたたかく溶けて行くようである。

「じゃ、食前酒にカンパリソーダでも如何」

笑いながら、美里はエプロンをかけ、リビングからみえる台所へ立った。

勧められた通りに、戸棚をあけ、カンパリソーダをコップに作りながら、六郎は働いている美里の背へ声をかけた。

「うちの親父となんの話だろうな」

ちょっと顔を六郎へ向けて、美里は答えなかった。

「美里ちゃんの縁談じゃないのか」

「多分……それもあると思うけど……」

小さな返事である。

「きまったのか」

流石に、六郎はこわばった表情になった。

「父が、あちらのお父様とお逢いしたのよ。あたしがその気なら、喜んで賛成するつもりだと……」

手ぎわよく生野菜をガラスの小鉢に盛りつける。が、動きの明るさに反して、美里の声は重かった。

「で、美里の返事は、どうなんだ」

明るく訊ねるつもりが、六郎も亦、四角ばった言い方になる。カンパリソーダの苦味に眉をしかめた。

美里はオーブンをあけて、熱くなったシチュウ皿を取り出している。

「出来たわ」

スプーンを添えて、六郎の前へおく。

続いてフライパンで焼いたヌードルに粉チーズをたっぷりふりかけて皿へ盛る。

六郎はがつがつと食べていた。食事をしている間は、美里の返事を訊く怖しさから遠去かっていられるような気持であった。

パンを切り、サラダにドレッシングをかけて、美里はコーヒーの用意をした。

「随分、お腹がすいているみたい……」

六郎の食欲に眼を丸くした。

たっぷりすぎるくらいのシチュウもヌードルも、あっという間に六郎の胃袋へ収まってしまう。

「長い一日だったんだ」

サラダへ箸をのばしながら、憮然として呟いた。

犬丸大介に逢い、深沢亜稀子に逢った。

どちらとかわした会話も、さわやかなものではない。

ただ、美里を犬丸大介へ嫁がせてはならないという想いだけは、強固なものになっていた。

「あたし、明日、大介さんに逢うつもりなの。約束をしたのよ」

美里が六郎の前の椅子にすわった。

思いつめた美里の顔を、六郎は無言で見守った。

「逢って、大介さんの口から訊きたいと思ったの」

「深沢亜稀子のことか」

思わず、六郎はいい、美里がうつむいた。

「あたし……、過去はどうでもいいと思っていたの、過去になにがあっても、それが大介さん一人のことなら……、終ってしまったことなら……、あたしは乗り越えて行けると思っていたの」

過去よりも、現在の気持を大事にしたいと美里はいった。

「過去でなかったら、どうする……」

酷いとわかっていて、六郎はいった。美里の反応が知りたかった。

「過去ではなかったら……」

「今も、深沢亜稀子と犬丸大介が、なんらかの形でつながっているということだ。セックスはないにしても、心のどこかに終っていないものがあったら……」

美里は視線を逸らせた。

「それでも君は彼を愛し、深沢亜稀子と戦うかい」

「そんなこと……」

唇がわなないて、美里は六郎をみた。

「あたしが、あの方に勝てるわけがないわ」

「勝てないから、あきらめるのか」

「意地悪……」

ふっと眼を伏せた拍子に、美里の眼のすみから涙が落ちた。

「美里……」

無意識に手をのばして、六郎は美里のテーブルの上にのせていた手を摑んだ。

美里は、六郎に手を摑まれたまま、ひっそりと泣いている。

物心つく頃から、この手を何度、握りしめただろうと六郎は思った。

兄妹のように、手をつないで歩き、手を握って走った。今でも、美里は安心して

二人っきりの家の中で、六郎のために食事の仕度をし、男の手に自分の手をあずけて、おろおろと泣いている。

犬丸大介と結婚するのはやめてくれ、と六郎は叫び出したい気持であった。彼と結婚するくらいなら、俺と結婚してくれ、俺の嫁さんになってくれと胸一杯に叫びながら、六郎は美里の小さな手をみつめていた。

電話のベルが鳴ったのは、その時である。

「俺、出ようか」

六郎がいったが、美里は涙を拭いて、受話器をとった。六郎がそんな美里を支えるように、背後に立つ。

電話は、思いがけず、鎌倉の滝沢家からであった。長男の四郎である。

「六郎が行ってませんか」

美里が六郎に受話器を渡す前に、四郎が告げた。

「お袋が倒れたんです。鎌倉のK病院にいると伝えて下さい」

切りかかった電話に六郎がとびついた。はっきりした病名は、まだ四郎もわかっていない。

「すぐ行く」

受話器をおいた。

「あたしも行くわ」

やがて帰ってくる父親にはメモをおいた。

「小父様、もう鎌倉へお帰りになっている途中だといいけれど……」

戸じまりは六郎が手伝った。

原宿の通りへ走って、タクシーを拾う。

病院へ着いたのは、深夜だった。

廊下に医者と滝沢三郎が立っている。

「父さん……」

近づいた息子へ、父親は軽くうなずいた。

「今、着いたところなんだ」

銀座で美里の父の、宮原一樹と別れて、なにも知らずに北鎌倉の自宅へ帰ったところへ、病院から何度目かの電話が入った。

「母さんは……」

「もう落ついている。心配はないそうだ」

病室で、千代枝はねむっていた。

ベッドの裾のほうで、長男と次男と、二人の息子が大きな体をもて余すようにして、なすこともなく突っ立っている。

入って来た六郎と美里をみて、どちらもほっとしたようであった。

「先に俺が帰って来て、続いて五郎が帰ってね。三人で食事をしていたんだよ」

食事中に、千代枝が気持が悪いといい出して、台所へ出て行ったとたんに様子が可笑しくなった。

幸い、近所に、この病院の内科部長をしている医者がいて、普段から交際があったので電話をすると、すぐに来てくれた。

「婦人科の病気だというんでね」

入院の手続きも、その医者がしてくれて、直ちに千代枝を運び込んだ。

「手術は明日の予定らしい」

若い男達の説明がどこか行き届かないのは、病気が婦人科に属するものだったためである。

子宮筋腫であった。

「かなり大きくなっていますから、明日、もう一度、検査をして、その上で、手術をする可能性が強いと思って下さい」

医者は美里を親類の娘と思ったらしく、そう説明した。

「付き添いは、病気が病気ですから、女の方が、こちらも助かります」

家族は一応、帰宅してくれといわれて、病室には美里と六郎が泊ることにした。

急のことで、付添看護婦が間に合わない。

その時は、美里の置き手紙をみて、かけつけて来た宮原一樹もいて、男ばかり五人も揃ってしまっている。

「それじゃ、気をつけて看護をしておくれ、俺達は邪魔になるだけだから……」

原宿の家のことは心配しなくていいから、こちらのお手伝いをするようにと父にいわれて、美里はうなずいた。

無論、父からいわれなくとも、そのつもりであった。母が歿ってから、美里にとって母のような千代枝である。

幸い、旅行社のほうも、さし当って外国へついて行く予定がなかった。数日の休暇ならとれそうである。

男達が四人、帰ってしまうと、病室の中は静かになった。

ベッドの脇のソファに並んですわって、漸く美里も六郎も人心地がついたようであった。

「あきれたお袋だよ、僕が出かける時は、なんともなかったのに……」

だが、六郎は母の発病が、もし多少なりとも、精神的な影響を受けたとすれば、この夕方の深沢亜稀子の来訪が無関係ではあるまいと考えていた。

B

一週間ばかりを、美里は病院に泊り込んだ。

千代枝は、医者が予告したように、入院の翌日、手術を受け、そうなると抜糸までは付き添いが要る。

如何に気のつく息子達でも、これだけは美里にかなわなかった。

「すまないわね、すっかり、美里ちゃんを重宝にして……」

口ではいいながら、千代枝は美里をたよりにしていた。美里がついていれば、安心してよく眠るし、食欲も出る。

「息子や亭主の顔みてると、苛々するのよ。お茶が飲みたいっていってるのに、オレンジジュースのほうがいいだろうなんて、よけいなことばっかりいうんですからね。あたしがすっぱいものきらいなの知らないわけじゃないのに……」

普段、あまり病気をしない千代枝だから、その分だけ病気によわく、注射の度に悲鳴をあげる。そのくせ、恥かしがり屋で、排尿排便も、看護婦だと神経的に駄目なので、美里が一切の世話をした。

「本当の娘さんかと思いましたわ。あんまりよくなさるので……」

婦長が美里をみて感心するくらい、千代枝と美里の気が合っていて、以心伝心で、

病人の意志は正確に美里に通じ、美里のすることは、なんでも千代枝を満足させた。

「そんなにお気に入りなら、三人も息子さんがおありなのだから、どなたかのお嫁

さんにおもらいになったらよろしいのに……」

婦長が、たまたま病室で冗談をいったとき、千代枝はちょっと寂しそうな顔をし

た。

「そう思っていたんですけどね。うちの息子達はのろまだから、とんびにあぶらげ

さらわれちゃって……」

苦笑して、別に言った。

「でも、お嫁に出しても、わたしの娘なんですもの……、どんなことをしても幸せ

にしてやりたいと思っています」

洗面所でタオルを洗いながら、美里はその会話をきいていた。

はじかれたように思ったのは、千代枝が息子の妻の座に、美里をのぞんでいたと

いうことであった。

改めて、滝沢家とのつき合いを考えた。

親類以上の家であった。

滝沢家の三人の息子の、誰の妻になっても不自然ではなかった。が、いつも一番、美里の身近かにいたのは六郎であった。

仲もいいし、気心も知れている。

もし、犬丸大介という男が、積極的に美里へ近づかなかったら、或る日、美里は自然に六郎の妻になっていたかも知れないのだ。

そのことを、今、はじめて気がついたようで、美里はうろたえていた。

あまりに身近く、あまりに親しすぎて、六郎を異性として意識する余裕がなかった。

六郎は自分をどう思っているのだろうかと思い、美里はそんな自分の心の移ろいを恥じた。

美里が六郎に異性を感じなかった以上に、六郎は美里を女性として認めていないに違いないと思う。

少くとも、美里が犬丸大介のことを話した時の六郎は平静であった。妹の口から恋人の話をきいている兄の表情をしていたように思われる。

その六郎は、毎日のように病院へ来ていた。

母親と美里のために、果物を買いに行ったり、必要なものを家から運んだりと、まめまめしい。

美里は六郎に対して、或る意識を持ちはじめていた。婦長と千代枝の会話をきいて以来である。

少くとも、最初、この病室へ泊った時のように、六郎の肩に頭をのせて、うとうとするなどということは、もう出来なくなっている。

そうした美里の変化に、六郎は気づいていないようであった。

犬丸大介が病院へ来たのは、千代枝の抜糸のすんだ日であった。

果物籠を美里に渡して、千代枝に見舞をのべた。

「申しわけありません。お話が進んでいる時に、私が、美里ちゃんを独占してしまって」

千代枝は愛想よく、大介に詫びをいい、大介を苦笑させた。僅かの時間だけ病室にいて、帰りかける大介を、美里は千代枝にいわれて、病院の玄関まで送って行った。

「この前は、ごめんなさい」

大介と逢う約束を千代枝の手術で延期してしまったことである。

「病院にはいつまで……」

大介に訊かれて、美里はもう数日と答えた。

本当は抜糸がすんだ今は、いつでも病院から家へ帰れた。

千代枝は一人でトイレットへも行くし、不自由なことはなにもない。

明日は旅行社のほうにも出勤する気でいるのに、美里はそれを口にしなかった。

心のどこかで、大介との話し合いを避けているようである。

「美里さん」

思い切ったように、大介が口をひらいた時、美里の脇に六郎が立った。

手に八朔の袋を持っている。大介をみて、目礼した。

「あの、お見舞を頂いたの。犬丸さんに……」

救われたように美里がいい、六郎がうなずいて頭を下げた。

「わざわざ、ありがとうございました」

「どうか、お大事になさって下さい」

男同士の眼がぶつかり合って、大介はすぐ背をむけて玄関を出て行った。

六郎も亦、美里には声をかけず、病室へ向って歩いて行く。

美里は、途方にくれて、病院の廊下に立っていた。

鎌倉から東京へ帰る間中、大介の心を占めていたのは、美里と滝沢六郎の並んでいる姿であった。滝沢六郎の母が入院して、美里が付き添っているときいた時から、その不安はあった。

それでなくとも、美里から日々、遠くなっている自分を、今日は否応なしに思い知らされた感じがする。原因はすべて大介自身にあった。

美里に愛を宣言し、強引に求愛したくせに、どたん場へ来て逡巡しているような自分の態度が、美里に不信感を与えるであろうことはわかり切っていた。

まして、美里は、うすうす、深沢亜稀子と大介のことに気がついている。

だからこそ、大介に釈明を求めているのだ。

このまま、大介が口をつぐんでいれば、美里の気持はいよいよ遠くなるに違いなかった。

といって、真実を打ち明けたら、尚更、美里という小鳥は、驚いて逃げてしまうかも知れないのだ。美里を失った時の衝撃を思うと、大介は勇気を失った。

更に、美里の父と深沢亜稀子の過去も、まだ、わかっていない。

どっちをみても、絶望ばかりの谷間に追いつめられているくせに、大介の美里に対する情熱だけは衰えなかった。むしろ、狂気のように、美里の愛情を求めている。

苦しみをまぎらわすのは、仕事と、酒だけになっていた。

その夜も、代官山のアパートへ帰りついたのは遅かった。

管理人室の前を通る時、待っていたように管理人が呼んだ。

「お母さんがおみえなので、鍵をあけましたよ」

大介は啞然とした。母といえば、京都にいる久代の他はない。

久代がこのアパートへ来るのは珍らしかった。

大抵、ホテルへ投宿し、そこから息子へ電話をしてくる。

ドアをあけて、大介は声をかけた。

久代は息子の声を背にきいて、ウイスキーを飲んでいる。

「どうしたんだ、母さん」

前へまわった息子へ、久代は眼を釣り上げて叫んだ。

「忠行に女が出来たのよ。お父さんに女が出来たの」

大阪にて

A

久代の言い分は、よくよく考えてみると、奇妙なことであった。

彼女自身が、犬丸忠行の愛人であった。忠行との間に産まれた大介を認知してもらって、犬丸の姓を名乗らせることは出来たが、彼女はあくまでも二号であった。

犬丸忠行の本妻は、田園調布の自宅に居る。

本妻が、夫に女が出来たといって半狂乱になるのならとにかく、二号が旦那に対して、別に愛人を作ったからといって文句をいうのは、大介が考えると、少々、奇異な気がした。

が、久代は手がつけられないほど興奮し、神経安定剤を飲んでも落着かないと訴えている。

「いったい、どういうことなんですか」

眉をひそめて、大介は母に訊ねた。

教養とか、知性とかには程遠く、女の本能の儘に生きている久代を、我が母ながら、時にはうとましく思うものの、血のつながりは如何ともなし難い。

「女って、バアかい。それとも芸者か」

犬丸忠行の性格は、豪放であり、派手であった。苦み走った風貌には古武士のようなイメージもあって、若い女はとりつきにくいだろうと思われるのに、存外、女にもてた。

「あなたは知らないからなのよ、あの人の裏の顔を……」

以前に、久代がそういって、息子が思わず顔を赤くするような含み笑いをしたことがある。

それにしても、初老の年齢を過ぎて、今更、若い女でもあるまいにと、大介は内心、苦笑する。

「商売女じゃありませんよ」

久代が唇をまげた。

「素人なのか」

意外であった。

忠行の浮気には、それなりのけじめがあって、常に水商売の女であった。秘書や女社員などには、決して手を出さない。

遊びは遊びと割り切っているようであった。

「近頃の素人女は、油断がならないのよ」

「どういう人……」

「アメリカから帰って来た女よ」

大介はいやな予感がした。まさかと思う。

「子持ちの未亡人らしいの」

「名前は……」

「深沢夫人っていってたわ」

「深沢……」

「ヨーロッパの名画ってのを、橋渡しするって、近づいたそうよ」

深沢亜稀子に間違いないと思い、大介は背筋が冷たくなった。

「間違いないのか、その女とのこと……」

「一緒に広島や大阪へ旅行しているんです」

「一緒に旅行しただけじゃわからないよ。仕事のために同行するということだってあるだろう、相手は美術品の仲介を商売にしている女性だ」

「昨夜も、大阪へ泊っているのよ。同じホテルに……」

忠行が大阪へ来る時は、必ず、京都の久代の家へ泊る筈であった。

よくよくの理由がなければ、ホテルへ宿泊することはない。

「可笑しいのよ、絶対に……」

「母さん、その人のこと、どうして知ったんだ」

息子の問いに、久代は胸を張った。

「お父さまの傍には、ちゃんとスパイを入れてますからね」

母のやりそうなことだと思い、大介は憂鬱になった。

「とにかく、夜が明けたら、一番早い飛行機で大阪へ行ってちょうだい」

久代は途方もないことを言い出した。

「行って、どうするのさ」

「お父さまを、おいさめしてよ」

「そんなこと言えないよ」

「言えますよ、お父さまのお体のためなのよ。あのお年で、若い女を相手にしたら寿命を縮めるもとですよ」

「母さん……」

だが、大介は大阪へ行くことを考えていた。

深沢亜稀子が、どういうつもりで、大介の父とつき合っているのか確かめねばならない。

「わかったよ、大阪へ行くから……母さん、少し、僕のベッドで横になりなさい」

土曜の夜であった。

日曜日、大阪を日帰りすれば、事務所に迷惑をかけなくて済む。

眠れないといっていた久代は間もなく鼾をかきはじめたが、大介は夜明けまで、まんじりともしなかった。

冬の朝は暗かった。

雀の声はしていたが、外はまだ夜の名残りがある中を、久代を伴った大介はタクシーを拾うために街角へ立った。

吐く息は白く、久代は蒼ざめてショールを衿の上に固く巻きつけている。

タクシーは、夜の表情で走っていた。

流石に道路は空いていた。高速道路から羽田の海がみえるあたりで、朝になった。

空港も、人がまばらで、完全に活動を開始していない。

美里は、もう鎌倉の病院から青山の家へ帰っているだろう。

大介は暗い眼をして、ゆっくり明るくなって行く滑走路をみつめていた。

伊丹の空港から、大介は母の久代を京都の家へ帰した。

父の忠行と深沢亜稀子が泊っているというホテルへ行くのは一人のほうがよかった。

久代は、ここまで来ると、流石に疲労も出たのか、息子の提案に逆わなかった。

ホテルの玄関を入ったのは八時前であった。

フロントで訊ねると、深沢亜稀子は間違いなく、昨夜、このホテルに泊っている。

或る程度、覚悟をして来たものの、流石に怒りがこみ上げて来た。

大介の父と知りながら、犬丸忠行に接近した亜稀子の気持がわからない。

考えて、フロントから亜稀子の部屋へ電話を入れた。

父が出たら切るつもりだったが、受話器の声は亜稀子である。

「僕です。フロントにいます。出来れば父に知らせず、あなただけ下りて来てくれませんか」

大介の言葉に亜稀子は大きく笑った。

「なにをおっしゃるの、この部屋には私一人よ。嘘だと思ったら上っていらっしゃいな」

大介はロビイで待つといって受話器をおいた。

広いロビイは、奥の部分はサロンになっていて、庭には人工滝がかかっている。

待つほどもなく、亜稀子は姿をみせた。

もう化粧もして、珍らしく和服であった。藍大島がエキゾティックな亜稀子によく似合う。帯はインド更紗のようであった。

「随分、早いのね」

さわやかな朝の表情であった。

「昨夜は、どちらに……」

「今朝、東京から来ました」

「まあ、どうして……」

「理由を、僕に言えというのですか」

亜稀子は再び可笑しそうに眼許だけで笑った。

「どうして、そんな怖い顔をなさるの。あなたにそんな顔をされるおぼえはありませんことよ」

「父が、ここに泊っているでしょう」

大介は亜稀子に視線をすえたまま訊ねた。

「ええ、そうよ」

部屋の番号を亜稀子はすらすらといった。

「でも、お一人じゃありません。広池さんとご一緒よ」

「何者です、広池とは……」

「広島のお金持……画を買う方ですわ」

「画を……」

「お二人で昨夜、真夜中に国際電話を入れましたの。私もお部屋へお邪魔して通訳をしましたわ。なにしろ、パリと日本じゃ時差があるので、むこうの指定した時間に電話をするためには、こちらがそんな時間になってしまったんです。だから、忠行さん、京都へいらっしゃらず、このホテルへお泊りになったわけ……」

忠行さんと親しげに亜稀子は呼んだ。

「まさか、大介さん、あたしとあなたのお父様との仲を疑っていらっしゃるわけではないでしょうね」

「あなたという人がわからなくなりましたよ」

大介は滝へ眼を逸らせた。

「そうかしら」

亜稀子の眼が妖しい光り方をした。

「私からいえば、男の方の気持がわかりませんのよ。あれほど、激しく愛を求めた方が、僅かの間に心変りなさるのですもの」

亜稀子が立ち上り、大介が低く叫んだ。

「あなたは、僕に対するいやがらせで、父に近づいたというのですか」

「まさか……」

女は余裕たっぷりに微笑したが、その笑いはむしろ冷たかった。

「私は仕事のために……商売のためにあなたのお父様とおつき合いをして居ります。それが、どうか致しまして……」

華奢な背をみせてエレベーターのほうへ歩きかけ、亜稀子は思いついたようにふりむいた。

「大介さん、もし、あなたが私と宮原画伯とのこと、はっきりお訊きになりたいのなら、今夜、来て下さいませんか」

大介は亜稀子を見た。

「琵琶湖の近くの長浜というところに、春月という小さな宿があります。そこで、今夜五時にお待ちしています。よろしかったら、お出かけ下さいな」

返事を待たず、亜稀子はサロンを出て行った。

B

宮原美里が、亜稀子からの電話を受けたのは、午前九時であった。

父の宮原一樹は昨日から仕事で長野へ出かけて居り、今日の夕方には帰宅する予定であった。

曇り空の日曜は静かだったが、底冷えがする。

受話器の奥から流れてくる亜稀子の声は、透明で、よどみがなかった。

「あなたと大介さんのことで、どうしてもあなたにお話しておきたいことがございますの。大介さんもこちらにいらっしゃるそうですけれど、今夜、長浜までお出かけになれませんかしら」

美里は暫く返事が出来なかった。なんのために、亜稀子がそんな電話をして来たのかわからない。

「大介さんは、東京からそちらへいらっしゃるのでしょうか」

美里の問いに、亜稀子はよく知らないと答えた。

「なんでも、お仕事でこちらのほうへいらっしゃって、その帰り道に長浜へ寄って下さるようなお話でしたけれど……」

お父様はいらっしゃるの、と、亜稀子はさりげなく問うた。

「いえ、旅行中でございます。夕方には帰ると思いますが……」

美里は正直であった。

「それでは、お出かけになれませんわね。お父様のお留守では……」

「いえ……」

「無理にとは申しませんわ。もし、御都合がつきましたら、お一人でお出かけ下さいな。大介さんは七時頃にはお見えになるそうですから……」

電話は宿の名を教えて切れた。

居間へ戻って、美里は考え込んだ。

通いで来てくれているお手伝いの小母さんが、テラスで鉢植えの手入れをしているのがみえる。

留守は、彼女に頼んでもよかった。

しかし、長浜まで行く勇気がない。

亜稀子が自分と大介を前にして話そうとしていることには、さまざまの想像が出来た。

大介と亜稀子の間に、もし、過去があるのなら、それを告白しようというのかも知れなかった。

が、大介も加えて話したいというからには、そうではない場合も考えられた。ひょっとしたら、二人の間にはなにもなかったと打ち消してくれるのではないかと思い、その考えの甘さに、美里は気がつかなかった。

苦労知らずに育った娘は、すべてを善意に解釈したがる弱点がある。

思いあぐねて、美里は最初に、大介のアパートへ電話をしてみた。

おそらくと思った通り、誰も出ない。

大介は深沢亜稀子の言う通り、なにかの用事で関西のほうに出かけていて、その途中、長浜へ寄ろうというのかも知れなかった。

美里は時刻表を出した。

新幹線で米原までが三時間半である。米原から長浜まではタクシーを使うとして、やはり三十分ぐらいは予定しなければなるまい。

七時に亜稀子の指定した宿へ着くには、青山の家を二時すぎには出かけねばならなかった。

長浜で、どんな話し合いが行われるかわからないが、時間からして、そう遅くまではかからないようにも思えた。

今日中に帰京するつもりなら、最終の新幹線が九時四分に米原を出る。

時間的にはややきつかったが、乗れないことはない。

都合によっては来なくてもいいと亜稀子にいわれたことで、逆に美里は出かけねばならない気持になっても居た。

自分が行かなかったら、大介は深沢亜稀子と二人きりになる。

夜の宿であった。

馬鹿な想像はするまいと思いながら、美里は、やはりこだわった。

ぎりぎりまで、美里は迷っていた。

一時をすぎて、再び、電話が鳴った。

大介ではないかと思ったのに、相手は鎌倉の滝沢千代枝であった。

退院して自宅療養中である。

「そっちに、六郎が行ってるかしら」

美里は来ていないと返事をした。

「黙って出かけちゃったのよ。ここんところ、体の調子が悪そうでね。原因がわからないんじゃ仕様がないから医者にみてもらえといってるのに、ふらふらして……もし、そっちへ行ったら、美里ちゃんからも、よく言ってやってちょうだい」

千代枝は元気な声であった。もう、病人らしいところはない。

「わかりました。小母様もお大事に、近い中にうかがいます」

力なく電話をおいた。

そういえば、この前、鎌倉の滝沢家を訪ねた時、六郎が風邪気味だといって、横になっていたのを思い出した。

美里が彼を知ってから、彼が病気らしい病気をしたのをみたことがない。

健康そのものの男だっただけに、六郎が具合悪いというのは、あまり実感にならなかった。

千代枝は病気に弱い女なので、息子が風邪をひいただけでも、大袈裟に考えるのではないかと思ったりする。

時計が二時を打った。

美里は、なんとなくコートを取っていた。

慌しく、手伝いの小母さんにことづけを頼む。

長浜へ行こうと決心したわけでもないのに、美里はハンドバッグ一つで、東京駅へ向っていた。

天気は、静岡あたりからくずれて来た。

名古屋を過ぎる頃には、雨が降り出している。

心細い顔を車窓によせて、美里は暮れて行く町の灯をみつめていた。

その時刻、大介は長浜の宿へ着いていた。

亜稀子が小さな宿といったが、それは予想したよりも更に小さかった。

亜稀子ならホテルに泊るほうが似つかわしいのに、ここは日本旅館である。

通された部屋は奥まっていた。

「よく来て下さいましたのね」

出迎えた亜稀子は朝と同じ大島紬のままであった。

そのことが、大介をやや、安堵させた。少くとも、亜稀子はきっちりした身じまいのまま、大介と話し合おうとしている。

「大介さん、お食事は……」

訊かれて、大介はすませたと答えた。

京都の母の家で、母の愚痴をきかされながら、少し、酒を飲んだ。といって、酔っているほどではない。

「じゃ、水割でも作りましょうね」

テーブルの上には、その用意が出来ていた。

「私も食事はすみましたのよ」

女中が下ってしまうと、部屋はひっそりした。

雨の音が、かなり強くなっている。

「冬は、この辺り、雨ばかりですってね。お弁当を忘れても、傘を忘れるなというそうですわ」

亜稀子の表情が優しくなっていた。

「私ね、紙人形を買いに行きましたの」

湖北に和紙を作るところがあって、その近くに、昔ながらの姉さま人形を売っている店がある。

「お年寄が、手すさびに作っているそうですけれど……娘のお土産にと思って……」

ニューヨークで待っている小さな娘のために、日本の姉様人形を求めた母親の表情が亜稀子にあった。

「きれいでしょう」

テーブルの上に、素朴な紙人形がおかれた。

「いいものですね」

大介の眼も和んだ。心の鎧《よろい》が、ふと、はずれた感じである。

自然な手つきで、亜稀子が水割のコップを一つ、大介の前へおいた。もう一つは自分が手に取って、口に含む。

亜稀子の動作に釣られたように、大介も水割を飲んだ。

酒には強いほうである。水割を二、三杯飲んでも、どうということはなかった。今夜は、亜稀子がどんなに勧めても、酔うほど飲むつもりはない。

「たしかに、僕は或る時期、あなたを愛していた。そのことで、今の僕の心変りを、あなたに責められるのは仕方がないと思っています。しかし、なんといわれても、僕は宮原美里を愛してしまったんです。この気持は、もうどうしようもない」

一杯の水割を半分も飲んでいないのに、不意に大介の上体が大きく揺れた。

雨の音に、風が強くなっている。

湖畔

A

美里が米原の駅に下りた時、あたりはもう夜の気配が濃くなっていた。

雨のせいでもあり、それでなくとも山峡のこのあたりは日が暮れるのが早いようでもあった。

タクシーは小型で、あまり良くない道を泥水をはね上げて走って行く。

亜稀子が指定した長浜の宿を、このタクシーの運転手は知らなくて、

「そんな旅館、あったかねえ」

首をかしげたことも、美里を心細くさせていた。

初老の親切な運転手は、長浜へ入ったところで二回ほど訊ねてくれた。

「わかりましたよ」

長浜といっても、かなりはずれのところだといい、車は暗い夜道を暫く走った。

宿は寂しい場所にあった。遠く農家がみえるだけで、附近は雑木林と畑らしい。

タクシーを待たせておくかどうかで、美里は少し迷ったが、結局、帰ってもらった。

雨ではあり、夕方のかき入れ時に、待たせては気の毒という気持もあった。旅館だから、必要に応じて車を呼んでもくれるだろうと安心もしていた。

が、タクシーを下りて玄関へ近づいてみると、思いの外に素人くさい宿であった。誰かの別荘でも、いくらか手を入れて宿にしたような感じである。

普通の旅ならば、あたりの草深さも、宿の古めかしさも風雅と感じられたかも知れないのに、雨の降る今夜のような場合、美里には蓬生の宿に迷い込んだような心細さであった。

出て来た女中に、深沢亜稀子の名を告げると、暫く待たされた。

玄関の外はまっ暗で、雨が激しく降っている。

みるからに小さな宿が、泊り客があるのか、ひっそりとして人の声もない。

女中が戻って来て、ご案内申しますという。

ビニールのスリッパが足に冷たかった。

脱いだコートを持ち、狭い廊下を女中のあとから進んだ。

廊下はどこも暗い。

行く手に離れ家があって、そことは渡り廊下でつながっている。

部屋の入口で女中が声をかけた。

「御苦労さま」

聞きおぼえのある亜稀子の声がして、女中は美里を残して戻って行った。

「どうぞ、お入りになって……」

内からうながされて、美里は戸に手をかけた。

重い戸をあけると、ふみ込みに二畳ほどの部屋がある。

亜稀子の姿はそこにもなかった。

奥の部屋とは襖がへだてている。

「失礼します」

畳にすわって、美里は襖を開けた。テーブルに向い合っている亜稀子と大介の姿を想像しながらである。

が、襖をあけて、いきなり美里の眼にとび込んだのは、部屋の中央に敷かれた夜具であった。

枕許に小さなスタンドが一つ、部屋の中はひどく暗い。

夜具の中から亜稀子が上半身を起した。美里が思わず眼を伏せたのは、亜稀子が裸形であったからだ。

亜稀子の向う側に、男が寝ている。顔は壁のほうをむいているが、大介だというのはすぐにわかった。

無意識に美里は襖をしめていた。

立ち上ろうとすると、膝ががくがくして上体がよろめいた。

部屋の中から声がした。

「大介さん、どうするの、美里さんがみえたのよ」

亜稀子の声だけである。

美里の眼の前で、亜稀子が襖をあけて出て来た。

朱色に梅の花を染めた長襦袢だけである。

髪が乱れ、上気した表情である。

「ごめんなさい、大介さんあなたに逢いたくないそうよ」

美里がはじめてみる亜稀子であった。平泉の中尊寺でみかけた時も、ニューヨークのホテルで逢った時も、羽田空港でも、サニーサイドの別荘でも、亜稀子は完璧な装いであった。上品で、優雅で、眼を奪うようなベストドレッサーであった。

その亜稀子が自堕落としかいいようのない姿で、美里の前に立っている。

崩れた女の美しさも抜群であった。凄艶ですらある。

「どうしましょう、美里さん」

勝ち誇った微笑で問いかけられて、美里は背をむけた。

玄関まで逃げるように出た。女中はいない。靴は脱いだまま、そこにあった。その時になって、美里はコートを亜稀子の部屋へおき忘れたのを思い出した。が、引き返す勇気はなかった。

一刻も早く、この宿から遠去かりたい。タクシーを呼んでもらおうにも、玄関には人がいなかった。雨の中へ美里は思い切って踏み出していた。長浜の町まで行けば、なんとかなるだろうと思う。畑の中の道は歩きにくかった。雨で洗い出された小石がごろごろしている。

絶望が美里を打ちのめしていた。亜稀子と一つ布団にいた大介の姿が瞼に浮ぶ。男女の愛が、これほど汚くみえたことも、美里には衝撃であった。雨の中で死んでしまいたいくらい、情なかった。頰を流れているのが涙なのか雨なのか、美里自身にもわからない。よろめきながら、美里はいくらか広い道へ出た。といっても、人家はなく、黒々と夜が広がっているばかりである。時々、もの凄いスピードをあげて車が走って行く。

美里は立ち止った。

走ってくる車の下へ走り出したい気持であった。歩くことも、考えることも、もう耐えられないと思う。

向う側から走って来た車が行きすぎて、不意に止ったのも、美里は気がついていなかった。

「美里ちゃん」

肩に強い力がかかって、美里は反射的に逃げ出そうとしていた。男の手が、そんな美里を抱きすくめるようにして支えた。

「いや、汚い」

無意識に声が出て、美里は相手の顔をみた。

「六郎さん……」

雨に濡れた六郎の顔を確認して、美里は膝から地にくずれ落ちそうになった。六郎の腕が、そんな美里を抱き上げ、肩にかつぐようにして車まで運んだ。

運転手はあっけにとられていた。

「どうするんですか、お客さん……」

「とにかく、米原のほうへ戻ってくれ」

六郎が車をつけさせたのは、湖の近くの旅館だった。

美里の体がふるえ出して、ガチガチと歯まで鳴り出したからである。

とにかく、全身、川へ落ちたほどに、ぐっしょりなのである。

旅館との交渉は運転手がしてくれた。

「一部屋なら、なんとかなるそうですよ」

ラブホテルであった。

車で乗りつけた客が、顔をみられないで部屋へ直行出来るように出来ている。

料金を払い、六郎は美里を抱いて部屋へ入った。

「こんなところで、いやだろうけど、風邪をひくよりましだと思って、すぐ風呂へ入りなさい」

六郎は手早く、バスルームに湯を入れて、美里にいった。

幸い、部屋は暖房がきいている。

「心配するんじゃないよ。僕を信じていいんだよ」

肩を叩かれて、美里はおずおずとバスルームへ入った。

湯にあたたまり、雨に濡れた下着をざっと洗っている中に人心地がついてくると、
改めて涙があふれそうになる。

備えつけの浴衣を着て、美里が出てくると、六郎が交替でバスルームへとび込んだ。

その間に、美里は脱いである六郎の背広やズボンを乾いたタオルで拭き、ハンガーにかけた。

「驚いたな、東京は晴れていたんだぜ」

バスルームの中から、美里へむかって六郎が話しかけた。

「米原ってのは雨が多いっていうけども……」

「どうして、来たの」

ぽつんと呟くように訊ねた。

「家へ帰って、美里ちゃんに電話したんだよ。お手伝いの小母さんに、長浜の宿のことをきいてさ、そのまま小田原へ出て新幹線にとび乗ったのさ」

時間的には、美里が乗ったのと一列車しか違わない。

B

バスルームから浴衣をひっかけて上って来た六郎は、美里が入れたお茶を飲んだ。

「逢えたのか、大介に……」

そっと、美里をみる。

「亜稀子さんと一緒に……」

くちごもって、美里は胸の中の熱いものを一息に吐き出した。

「あたし、みてはいけないものをみてしまったのよ」

抱き合って、一つ布団の中にいた大介を、美里は六郎に訴えた。

「あたし……別れるにしても、あんな大介さんをみたくなかった……」

美里の唇から嗚咽が洩れて、六郎は暗然とした。

雨の中に茫然と立ちすくんでいた美里の様子も、その結果とわかれば納得が行く。

「よかったよ、追いかけて来て……」

六郎が手をのばし、美里はその手にすがりついた。

「あたし……」

言葉にならず、すがりついている美里を抱きしめて、六郎は必死に欲望とたたかっていた。

ラブホテルの部屋は、ベッドの用意が出来ていた。落ついて眺めてみれば、照明も調度も、若者達を刺激するように出来ている。

このまま、美里をベッドに押し倒しても、美里は拒めないと六郎は思った。

大きなショックでずたずたになっている美里には、むしろそうした荒療治が必要かも知れないと思い、六郎は歯をくいしばった。

雨の中で、六郎が肩に手を触れた時、汚いと叫んだ美里の声が六郎の耳にある。

男女の性を汚く感じるような見せられ方をした今夜、美里を奪うのは思いやりのない仕業のようであった。

男の愛に絶望している美里の不信をこれ以上のものにしたくない。

声をあげて泣いている美里を長いこと、六郎は抱いていた。

静かに抱きしめてやる以外に、美里を慰める方法がみつからなかった。なまじ、声を出せば、自分もなにを言い出すか、自信がなかった。

遠くに列車の音が聞えて、美里が体を起した。

美里の意志が通じて、六郎が時計をみた。

九時をすぎている。

「新幹線は間に合わないな」

まだ濡れている衣服を眺めた。

「今夜、ここに泊ろう。大丈夫だよ、俺はいつもの六郎だよ」

六郎が笑い、美里がはにかんで笑った。

そうするより仕方がないことを、美里も知っている。

部屋にはダブルベッドが一つだった。

「俺はソファに寝るよ、山登りした時のことを思えば、天国さ」

ためらっている美里を六郎がひょいと抱き上げた。

子供の時、よく、そうしたように美里の体をベッドの上まで運ぶ。

「ゆっくり、おやすみ」

おでこにキスをして、六郎は毛布をかけた。部屋の灯を消して、六郎も予備の毛布を巻いてソファに横になったが、どっちもすぐにはねむれなかった。

雨の音が、まだ続いている。

美里の寝息を確認して、六郎も眠った。

なにかの物音で眼がさめた時、雨の音はなく、窓の外がいくらか白みはじめていた。

暗い中に、白く美里が立っている。

眼が馴れて、六郎は息を飲んだ。

美里は生まれたままの姿であった。

白い裸身が薄明りの中で、かすかに慄えている。

「美里……」

声がもつれて、六郎は起き上った。

美里が六郎の手をとった。その手も体も、立っていられないほどに慄えている。

六郎の手を、美里は胸にあてた。

「一度でいいの……一度だけでもいい……今夜だけ、あたしを抱いて……」

それをいうのがやっとで、美里は残った力で六郎にすがりついた。

いた。

柔かい裸体を力一杯、抱きしめて、六郎の内部にも抑え切れない炎が燃え上っていた。

「美里……」

「おいで……」

美里を支えて、ベッドの上に横たえた。

「好きだよ」

長いこと、言葉に出来なかった言葉を、六郎は口にした。

「子供の時から愛していた、いつかはきっと嫁さんにしたい。自分一人できめていたんだ」

唇を近づけた。

眼を閉じている美里の瞼から、いくらか開き加減の唇へ自分の唇を押しつけた。

「大介には渡したくなかった」

熱い唇は美里の首筋から肩へ下って、乳首を軽く吸った。美里の体が小刻みに慄え、呼吸が荒くなっている。

「美里のどこも、俺のものだったんだ。美里が赤ん坊の時から……」

それを確かめるように、六郎の唇と手は美里を愛撫していた。

固くなっている女体を、静かに解きほごそうとしているように、下腹部から足まで、六郎は宝石に触れるように唇と手を広げて行った。

ぎごちない愛撫だが、美里の体はかすかにもだえをみせていた。

「美里が大介を好きになっても、俺の気持は変りはなかった。ただ、大介が美里の夫として非の打ちどころのない奴ならば、お前のために、俺はあきらめてやろうと思っていた。しかし、大介を愛することは、お前の苦しみを増すだけとわかって、俺はもう一度、お前を奪い返そうと考えた」

もっと前に俺のものにしてしまえばよかったと六郎はいった。

「そうすれば、お前に、今夜のような衝撃を与えることもなかったんだ」

六郎は手をのばして毛布を美里の体の上へかけ直した。

びっくりしたように、美里は眼をあけた。その眼を六郎の眼が吸い込むようにみつめている。

「愛しているよ。お前のためなら、いつ死んでもいいくらい……愛しているんだ」

愛しているから、今夜はいけないと六郎はいった。

「美里も苦しいだろう。だが、俺はもっと苦しいんだ」

美里の手を摑み、そっと自分に触れさせた。美里の体がぴくんとふるえる。

「わかるだろう。しかし、俺は辛抱するよ。いやなものをみた美里に、いやなイメージで愛を遂げたくないんだ。俺は一生、美里を抱きたいから、今夜、我慢するんだよ」

「あたしが大介さんを愛したから……」

美里の眼から涙があふれていた。

「お前が愛しているのは、俺だよ」

美里の涙を六郎は吸った。

「もう、ひとねむりするんだ。これ以上、こうしていると、俺はけだものになりそうだよ」

最後に深いくちづけを残して、六郎はいくらか苦しげにソファへ戻った。

毛布のかげから、美里のすすり泣きが聞えている。眼を閉じて、六郎は耐えた。

（俺は美里を抱いてはならない……）

六郎の瞼の裏に、K病院の白い壁が浮んでいた。

今日の昼間、六郎はK病院で診察を受けていた。

もし、一日、病院へ行くのが遅れていたら、自分は美里を抱いただろうと六郎は思う。

自分の明日がわかっていなければ、なんのためらいもなく、美里と永遠の契りを結んでいたに違いない。

たとい、それがラブホテルの一室であろうと、美里がショックの余り、求めた愛であったとしても、六郎は自信を持って、二人の愛のためのスタートラインを今夜にしただろう。

(俺には、もう限られた日しか残っていないらしい……)


同じ夜明けを、大介は長浜の宿で眼ざめた。

隣には、女体があった。

亜稀子は眼をあけて、大介をみていた。大介が眼ざめる前から、そうして大介をみつめていたらしい。

大介は、はね起きた。

ひどい頭痛がする。昨夜、亜稀子に勧められて飲んだ水割を思い出した。

あの中に、薬が仕込んであったのかと気がついた。

無言で立ち上り、着がえをはじめた大介を亜稀子は起き上って眺めていた。

すっかり身仕度を終えた大介の視線が、ふと、そこにかけてあるコートに落ちた。

見おぼえのあるコートだった。

「美里さんのコートよ」

亜稀子が低く、教えた。

「昨夜、美里さん、ここへ来たの、あなたがあたしと寝ているので、驚いて帰ったわ」

大介の手がコートを摑んだ。

「あんたが仕組んだんだな」

亜稀子は微笑した。

「愛のためよ」

足音荒く出て行く男の後姿を、亜稀子は見送っていた。瞼の裏にじんわりと滲んでくるものを、指の先で払いのけ、ゆっくり煙草に手をのばした。夜は、もう明けかけて雀の声がしきりにしている。

雨は上ったようであった。

ちぎれ雲

A

東京まで送ってくるという滝沢六郎を小田原駅で下し、美里は一人で青山の家へ帰った。

なんのために、米原へなぞ出かけたのかと美里は唇を噛む。

深沢亜稀子の誘いに乗って、うかうかと行動しなければ、亜稀子と大介の決定的な姿を眼にすることもなかった。

そのこととは別に、昨夜、モーテルで六郎にすべてを投げ出してすがりついた自分もみじめであった。

大介に捨てられて、六郎に愛を求めた自分の愚かさが悔しかった。

六郎が自分を抱かなかった気持も、今となっては当然と思われる。

大介との恋に破れたからといって、突然、六郎に体を投げ出した美里を、

(あの人は軽蔑したに違いない……)

なにもかも、自分の愚かさから生じたこととわかっていて、美里は救いようのない気持であった。

米原から小田原までの車中も、六郎も美里も、殆んど話らしい話をしていない。

小田原駅のホームに立って、美里の乗っている列車を見送っている六郎を窓越しにみたとたん、美里はそれまでこらえていた涙が一度に顔を流れ出した。

泣いている美里を乗せて、列車は走り出し、六郎はホームに残った。

恥も外聞もなく、美里は東京駅までハンカチを眼にあてていた。

が、青山まで帰ってくる間には、涙も乾いていた。諦めが、美里の表情を寂しくさせている。

玄関を入ると、すぐ足音がした。

「美里か……」

美里は体を固くして、父親をみた。

「心配していた。一人なのか」

宮原一樹は、娘のしめたドアの外を窺うようにした。

「一人です」

父の眼が赤いのに、美里は気がついた。顔色も蒼く、身だしなみのいい父にしては髭がのびたままである。

「昨夜、遅くに帰って来たんだ。お前の置き手紙をみて……最終の列車で帰るかと思っていたが……」

リビングに残した手紙には、急用が出来て米原まで行く、帰れたら最終の新幹線に乗るつもりだとしか書かなかった。

最終列車で帰って来ない娘を案じて、父親は、とうとう一睡もしなかったらしい。

「急用とは、なんだったのかね」

疲れ切っているような娘へ、父親は不安そうな眼をむけた。

「深沢亜稀子さんから呼ばれたんです」

美里は正直に答えた。一つには父の反応も知りたかった。

「深沢亜稀子……」

「米原の宿を指定されました。そこへ行ったら、深沢さんは大介さんと一緒でした」

一樹の眉が寄った。

「宿を出て……米原は雨だったんです。車はないし、そこへ六郎さんが来てくれて……六郎さん、家へ電話をして、留守番の小母さんから、あたしが米原に行ったことを訊いて、追いかけて来てくれたんです」

流石に話せるのは、そこまでであった。うつむいた娘を、父親は暫くみつめていた。

「今朝、六郎君と一緒に帰って来たんだな」

うつむいたまま、美里は肯定した。

「間に合わなかったんです。最終の列車に……」

口実にはならなかった。新幹線がなくなっても、東海道線を走る夜行列車はある。が、父も娘も、そのことには触れなかった。

「疲れているのだろう。食事をするか、それとも……」

休みますと美里は答えた。

「そうしなさい。会社のほうには、病気ということで電話をしておいたから……」

行き届いた父の配慮であった。

立ち上ってリビングを出ようとする美里に、ためらいがちに父親が告げた。

「六時頃だったか、大介君から電話があった。お前のことを訊かれたので、まだ帰っていないと答えたが……」

そのあとも一時間おきくらいに電話があったと一樹はいった。

「さっき、かかった時は大阪の空港からだといっていたが……」

黙って美里は父親に背をむけた。

昨夜、亜稀子と一つ布団に横たわっていた大介の姿が脳裡をかすめる。

悲しみとも嫌悪ともつかない気持が美里を占めていた。

自分の部屋へ入って鏡をのぞく。生気のない表情であった。一夜の中に、自分が別人に変ったような気さえする。

ブラウスのボタンをはずしていると、ドアがノックされた。

「大介君が来ている。お前のコートを届けに来たといっているが……」

「逢いたくありません」

夢中で叫んだ。

「そうか」

一樹の返事も短かった。父親はスリッパの音をたてて玄関のほうへ去った。

耳をすませても、話し声は聞えない。やがて玄関のドアの閉る音がした。

美里は無意識に窓に近づいた。レースのカーテンの間から、玄関の外の路上が見下せる。

大介は路上に立っていた。

男の背が無防備なほど、虚脱してみえた。

重い足どりで、表通りのほうへ歩いて行く。声をあげて、大介の名を呼びたい衝動を美里は抑えつけた。

昨日の米原の雨が嘘のように、東京の空は青かった。

同じ頃、鎌倉の滝沢家では、千代枝が真赤になって息子を詰問していた。

「米原まで美里ちゃんを追いかけて行ったのはわかりましたよ。それからどうしたの」

六郎はコーヒーをゆっくり口許へ運んだ。

「どうしたって……今、帰って来た」

「昨夜はどこへ泊ったんですか」

「モーテルだよ。それしか宿がなかった」

「一緒の部屋なの」

「ああ」

息子は顔色を変えず、母親は膝をがくがくさせて椅子にすわり込んだ。

「あんたって人は……美里ちゃんには縁談があるんですよ。もうすぐ結婚する予定の犬丸さんという人が……」

「結婚はしないよ」六郎は手をのばして母親の焼いたクッキーをつまんだ。

「どうして……」

「さあ」

「あんたのせいじゃないの」

「そうかも知れない」

「なんて人……かわいそうに美里ちゃんはあんたを信じて一つ宿へ泊ったんでしょ

うに……なんて男なの卑怯者……」

「待ちなさい、母さん」

初老の妻のエスカレートぶりを、滝沢三郎が制した。

「六郎には六郎の言い分があるだろう」

「言い分もへちまもあるもんですか。なんといって宮原さんへお詫びするんですよ。婚約者のある美里ちゃんを……」

「婚約したわけじゃないだろう。まだ……」

「婚約寸前だったんですよ」

「美里ちゃんが、その人よりも六郎を好きだといってくれりゃいいわけだろう」

千代枝の顔が、やや和んだ。

「そりゃ勿論……あたしは最初から、そうなってくれることを願っていたんですけどね。でも、卑怯ですよ力ずくで……」

六郎が、かすかに苦笑した。

「僕は、そんなことはしてないよ」

「なんにもしなかったって証明出来るの」

母親は女学生がそのまま年をとったような論理で息子を追及する。

「なんにもといわれると困るけど……」

「待てよ……」

父親が、息子のかわりに頭を掻いた。

「どうなんだ。美里ちゃんは、お前の嫁さんになる気持はあるのかね」

「わからないよ」

六郎はいくらか憂鬱そうに答えた。

「好きだともいわれないのに、お前はそそっかしい……」

千代枝がテーブルを叩いた。

「お前は好きなんだな」

父親がとりなし気味に息子へいう。

「好きだよ」

「結婚したいと思っているんだな。もしも、美里ちゃんが承知してくれたら……」

「それが……」

六郎は額へ落ちた髪をかき上げた。

「そううまく行くといいんだが……俺のほうにも都合があってね」

「なにが都合ですか、冗談じゃありませんよ。卑怯なことをしておきながら、都合もへったくれもありませんよ、母さん絶対に許さないわ」

まだ、寝ていた二人の兄が二階から下りて来た。あっけにとられて、母親の剣幕を眺めている。

「とにかく、あなた、宮原さんへお電話をして下さい。一樹さんにお逢いして、おわびをして、美里ちゃんさえ承知してくれたら、是非、うちへお嫁に来てもらいたい。六郎が四の五のぬかすなら、勘当して、そのかわりに四郎でも五郎でも、美里ちゃんの気に入るほうのと結婚してもらいますから……」

「母さん」

ふっと六郎が立ち上った。

「美里は俺のものだよ。たとえ、兄さん達でも、ゆずれやしない」

後頭部へ軽く手をやって、部屋を出て行く六郎を、家族は茫然と見送った。

B

美里の生活には、今までと同じ平穏が戻って居た。

少くとも、外見からいえば、それは犬丸大介と知り合う以前と変りはなかった。週に六日、旅行社へ出勤し、日曜は家事をする。父と娘の平凡な日々の中に、春はたけなわになっていた。

宮原家に一本ある桜の花は例年より早く満開になり、花時になると必ずといってよいほど降る雨と、吹く風が一日でも長くと思う人間の気持をさかなでするように、桜の花片を散らし、色を褪せさせてしまう。

父親に呼ばれたのは、月曜日の夜であった。この数日、鎌倉の滝沢家と父親の間で、しきりに往来があり、話が進められているのを美里も気がついていた。

「滝沢家から、お前を六郎君の嫁に欲しいと申し入れがあったのだよ」

パイプを弄びながら、一樹は娘の顔をみないで話を切り出した。

「勿論、お前が犬丸大介君との縁談を断る意志があったと仮定しての場合だが……どうなのか、六郎君のこと、どう考えている」

美里は父親をみた。

「大介さんのことは、もう終ったと思っています。でも、だからといってすぐに六郎さんと……」

「それはわかる。しかし滝沢家は熱心なのだ。無論、今すぐでなくてもいい。が、お父さんも知りたいのだ。お前が六郎君をどう思っているのか」

「好きです」

小さく、美里は答えた。

「ずっと兄さんのように思っていました。でも……」

大介を愛した気持と六郎へ対する気持は違うといいかけて、美里は沈黙した。大介への愛は、もう断たれたのだ。美里がどう熱烈に彼を愛しているとしても、ドアは彼の手で閉められてしまったのだ。

「六郎君は、御家族の前でいったそうだよ。お前を愛している、たとい、兄さん達でもゆずるつもりはないとね」

父は微笑した。

「わたしも、この縁談は安心な気がしている。なによりもお前を可愛がってくれている千代枝さんが大乗気だ。あそこの家族なら、お前も気心が知れている。六郎君がお前を愛し、お前がそれに応えられるなら……お父さんはなによりと思っているよ」

即答はしなくていいと一樹はいった。

「一生のことだ。よく考えて……」

考えるまでもなかった。

そのことについて、美里はもう何日となく自分に問いかけ、自分なりの答を出していた。

女としての、はじめての情念は、犬丸大介に注ぎ尽してしまったとしても、穏やかで、平和な愛を六郎のために育てて行く心は、まだ残っているような気がする。

子供の時から自分を愛していたという六郎の言葉が嘘でないならば、せめて力一杯、六郎のために生きたかった。

彼を愛し、彼を信じて、ささやかでも充実した家庭を作りたい。

「もし、六郎さんが、あたしをお嫁さんにしてくれるなら……あたし、六郎さんと結婚したいと思っています」

うつむいたまま、はっきり答える娘へ、宮原一樹は複雑な表情でうなずいた。

「わかった。そのように滝沢家へ答えよう。それから、犬丸さんのほうへは、人を介してお断りをする。それでいいね」

美里は、小さな声で、はいと答えた。

日曜日に、犬丸大介は父親の犬丸忠行から呼び出しを受けて、箱根の仙石原へ出かけた。

正午に仙石原のホテルのロビイで逢うという約束だったが、車をとばしてホテルへ着いてみると、忠行はまだゴルフ場にいた。

久しぶりによく晴れて、正面に富士山がくっきりと浮んでみえる。

ホテルの玄関から見下せるグリーンには、春というより初夏に近い陽が光っていた。

あたりの山も急に緑の色が濃くなって、山襞に陰影が出て来ている。

すっかり明るくなった山肌には、ちぎれ雲の影がとんでいる。

忠行が戻って来たのは、一時をすぎていた。

仲間はまだゴルフクラブに残っているという。

「宮原さんから、縁談を断って来たが、心当りはあるのか」

ダイニングルームへ入って、まずソーダ水を口にしながら、少し、眉をしかめた。

予期したことだったが、大介はやはりショックを受けた。

「心当りはあります」

「むこうは理由はなにもいっていない。断られても仕方のない理由がお前にあるのか」

「あります」

「ほう……」

忠行は、ちらとホテルの庭へ眼を送らせた。

「そりゃあ、なんだね。まさか、お前が妾腹の子というわけじゃあるまい」

父親の気がかりが、大介にわかった。

「お父さんのせいではありませんよ。あくまでも僕のことです」

「女か」

息子は苦く笑った。

「それだけは勘弁して下さい」

「断られて、あきらめるのか」

「あきらめ切れませんが……」

「お前のほうに非があるのでは止むを得んな」

「そう思っています」

口では、つとめて軽く喋っているが、大介の感情は今にも爆発しそうになっていた。

美里に対する失恋の痛手が、これほど苦しいとは、大介自身、思いがけないことであった。

たかが女、たかが恋と思うそばから、女々しいほど感情が渦を巻く。

「深沢亜稀子という女性ですが……」

無意識に、大介は口走っていた。

「あまり、お近づけにならないほうがいいと思います」

「深沢君か……なぜだね」

「危険な女性です。はっきりいえば、僕はあの人と、かかわり合いを持ったことがあります」

「ニューヨーク時代か」

「そうです」

昼間からステーキを食べている父親の横顔をみた。

「まさか、お父さんはあの女と……」

忠行が破顔した。

「冗談をいうな。もう、そんな元気はないよ」

ほっとしたような息子を眺めた。

「お前は深沢さんと結婚する気があるのか」

「ありません」

大介の表情が再び、暗くなった。

「今更、後悔しても仕方がないのはよくわかっています。けれども、一度の失敗が、生涯の恋をあきらめねばならない結果になるとは思ってもみませんでした」

「そりゃそういうこともあるだろう。人の生涯には、とり返せる失敗と、とり返せない失敗がある……若気のいたりと後悔しても、なんとも致し方がない」

父親は苦悩している息子から正面の富士へ視線を移した。

「誰にもあることだ。誰も、それを乗りこえて行く」

一時間ほど息子と過して、忠行はゴルフ場へ戻って行った。

「あまり酒を飲むな。酒に逃げても仕方のないことだぞ」

父親の苦言が、大介には痛かった。

東名を再び、引き返して東京へ入ったのが五時すぎであった。

気がついた時には、青山へ出ていた。原宿駅から表参道への道は、若い人でごった返している。車の流れも悪かった。

宮原家へ左折する道はミニパトカーが停っていた。駐車違反の車をレッカー車が移動している最中であった。

左折は出来ない。ためらっていると後部の車が、けたたましく警笛を鳴らした。

原宿の町を走り抜けただけで、大介はアパートへ帰って来た。

駐車場へ車を入れて、エレベーターで上る。

エレベーターのドアがあいた時、大介は声をあげた。

そこに、美里が立っていた。

小さな花束を手に持っていた。

「お別れをいいに来たんです。お手紙もお返ししなければと思って……」

美里が少し痩せたと大介は思った。

花束と一緒に、一まとめにした手紙の束を差し出した。

その美里の手を、大介は握りしめた。

「美里さん……」

美里がゆるく首を振った。

「あたし、婚約したんです」

その夏

A

深沢亜稀子は花束を抱えてタクシーを下りた。

市ヶ谷河田町にあるT大附属病院の玄関である。

入院病棟のほうに歩きかけて、亜稀子はふと足を止めた。

狭い駐車場のむこうの建物から、若い男が出てくるところであった。

夏の陽ざしに眼を細くして、軽く片手を後頭部にあてながら駐車場を横切ってくる。

亜稀子は、彼が自分に気づくのを待った。

かなり傍へ来るまで、滝沢六郎は亜稀子に気づかなかった。

うつむいて歩いているわけではなかった。眼は明らかに亜稀子の立っている方向へむいている。最初は、彼が自分を無視しているのかと思った。

五メートルの近さまで来て、六郎の視線がやっと亜稀子の上で止った。

亜稀子は微笑し、六郎は一瞬、不思議なものをみるように亜稀子を眺め、次に、その手の花束をみた。

「お見舞ですか」

「知人が心臓病で入院しているのよ。あなたは……」

六郎も笑った。

「中学時代の友人が、ここの薬局で働いているんです。ちょっと用があって……」

「お急ぎ……？」

「いいえ」

「少し、お話したいことがあるのよ」

「じゃ、お茶でも……」

「僕も是非、あなたにお逢いしたいと思っていました」

「花が枯れますよ。先にお見舞にいらしたらどうですか、僕は待っています」

表通りにある喫茶店の名をいった。

「そこにいます」

「じゃ十五分ぐらい、お待たせするわ」

花を持ち直して亜稀子は入院病棟のドアを押した。ふりむいてみると、六郎はゆっくりした足どりで病院の門のほうへ歩き出している。

その後姿に若者らしい活気がなかった。

亜稀子の記憶にある六郎は精悍なイメージが強かった筈である。

十五分といったが、実際には十分そこそこで亜稀子は喫茶店の扉を押した。

「早かったですね」

コーヒーを前において、六郎は入口へむいて席を占めていた。

「御病人が検査の最中だったの。看護人の方にことづけて来ましたわ」

白いシルクデシンのシャツブラウスのボタンを三つはずして、胸許を大きくあけた着こなしをしている亜稀子を、六郎はちょっと眩しそうな眼でみつめた。

「コーヒー熱いのにしますか」

「ええ」

ウエイトレスを呼んでいる六郎を眺めて、亜稀子は再び、考え込んだ。こうして、六郎と向い合ったのは、鎌倉の喫茶店以来であった。

その時にくらべて、六郎が痩せたような気がする。

「可笑しいのね」

つい、口に出た。

「美里さんと婚約なさったのでしょう。それにしては元気がないみたい……」

六郎が苦笑した。

「彼女、日本にいないんですよ。旅行社の仕事でアメリカの西海岸を廻っていますす」

「それで元気がないわけね」

「まあ、そういうことでしょう」

店内に、映画音楽が流れていた。客は近くのテレビ局の職員が多い。

「お話ってなんですか」

「あなたのほうから、うかがいましょうか」

六郎がコーヒー茶碗に視線を落した。

「沢山あるんですよ」

「お好きなのから、どうぞ」

「美里を米原へ呼んだのは、あなたと犬丸大介君の決定的な仲をみせるためですか」

亜稀子がうなずいた。

「しかし、大介君はあなたを避けていた筈ですよ。どうして米原へ行ったのか、どうして、そうなったのか、僕には合点が行かないんです」

「六郎さんは、男女の仲を御存じないのよ。避けていても、逢えばそうなってしまう男女の仲というものを……」

「二度といやだという男女の仲だってあるでしょう」

「私と大介さんは、そうではなかったんでしょうね」

「あなたと美里のお父さんの間に、なにがあったんですか」

亜稀子は眼を伏せて、又、昂然と上げた。

「あなたが昔、宮原画伯に裸体画を描いてもらったことは知っています。のぞんでモデルになった。おそらく、あなたは宮原画伯に愛情を持ち、美里のパパもあなたを愛した。そうじゃありませんか」

六郎の言葉を、亜稀子は肯定も否定もしなかった。表情を消して、六郎の口許を見守っているようである。

「だが、宮原画伯には、その時、奥さんがいた。美里ちゃんのママです。そして、かわいい盛りの美里ちゃんもいた。宮原画伯は、なにもかも捨てて、あなたへの愛へとびこむことは出来なかった。そうじゃないんですか」

亜稀子が眼許を笑わせた。

「それで……」

「結局、あなたは捨てられたんだ。それで、それを怨みに思っている。昔、美里ちゃんのママと宮原画伯を争って破れた。その女の娘である美里ちゃんに、犬丸大介君をも奪われることは、あなたにとって耐えられなかった……」

「あなた、小説家におなりになるといいわ」

含み笑いが、次第に大きくなった。店内の客の何人かが、ふりむいて深沢亜稀子と六郎を眺めている。

「僕の想像が違っているというんですか」

「残念ながら……」

「じゃ、真相はなんですか」

「それは、私の口からは申し上げられませんわ」

「何故です」

「宮原画伯の名誉のために……」

「なんですって……」

「お話はそれで終りかしら」

「いえ……」

六郎は額に汗をかいた。

「深沢さんは犬丸大介君と結婚するわけですか」

「結婚は一人の意志だけでは出来ませんわ」

「彼にその意志がないということですか」

「それは、あちらに訊いて下さい」

「彼は松本にいるそうですね」

「日本の中ですもの。訪ねていらっしゃったら。あなたに逢うかどうかは保証出来ませんけれど……」

「松本のどこです」

「残念ながら、私も知りませんの」

コーヒーにミルクを入れた。

「どうして、大介さんにお逢いになる必要があるんですか。美里さんと婚約なさったんでしょう」

六郎が低く笑った。

「結婚式に招待しようと思ったからですよ」

「私は招んで下さいませんの」

「今のところは、考えていません」

「ひどい方達ね」

視線が絡み合って、亜稀子のほうから避けた。

「お話をうかがいましょう」

「別のことをお訊きしますわ」

長い指を組み合せた。真珠色のマニキュアが光っている。

「六郎さんは子供の頃から美里さんを愛していらっしゃるのでしょう」

「そうです。あいつが赤ん坊の頃から好きだったみたいです」

六郎に、六郎らしい表情が甦っていた。

「そんなに愛していて、どうして大介さんへ渡そうとしたのかしら、もっと早くに……」

六郎の口許がひきしまった。

「一つにはチャンスを逸したんです。もう一つは、美里の心がそっちをむいた時、本当に愛していたから、美里のために耐えようと思ったからです」

「じゃ、私に感謝なさいませ」

亜稀子が妖しく微笑した。

「あたしが、あなたの手に美里さんを返してさし上げたのよ」

「そうかな」

六郎が首を傾けた。

「まだ、そうとはきまっていませんよ」

「婚約までしたのに……」

「人間、明日はわからないものです」

「大介さんと、よりが戻るっておっしゃるのかしら」

「いや……」

六郎が立ち上った。

「悪いけど……僕、帰りますので……」

伝票を摑んでカウンターのほうへ歩いて行く。亜稀子はそのまま、坐っていた。

窓からT大学附属病院の建物がみえる。この喫茶店は、ちょうど先刻、六郎が出て来た病院の建物の裏側に当っていた。

なんということもなく、陽の当っている病院の壁をみつめていて、亜稀子は小さく叫び声をあげていた。

その建物は「癌研究センター」であった。

六郎の姿は、もう喫茶店の中になかった。

B

アメリカ西海岸からハワイを廻るツアーのコンダクターをつとめて、美里が羽田へ帰って来たのは、七月の第二日曜であった。

旅行社へ寄って報告をすませ、青山の自宅へ帰りついたのが、夜であった。

父の一樹は前からの約束で九州の知人を訪問中であった。

留守番に来ていた通いの小母さんを帰して、美里はリビングに居た。

食事の仕度は出来ているが、食欲はない。鎌倉の六郎にも、帰って来たら電話をすると約束しておきながら、その気になれなかった。

十日間の旅の中、美里の心を占めていたのは、忘れる筈の犬丸大介であった。

忘れよう、忘れなければと思いながら、サンフランシスコのケーブルに乗り、つい、ニューヨークを想っている自分に気がついた。

この前、やはり団体旅行のコンダクターとしてニューヨークへ行っていた時、突然、ホテルのロビイに現われた大介の、いくらか照れくさそうな笑顔がなつかしく瞼に浮んでいたりする。

平泉で、最初に大介が声をかけた時のことも、羽田での再会も、その思い出に深沢亜稀子がまつわりつく苦しみと共に、美里の脳裡から去らなくなっている。

こんなことではならないと、何度も思い直した。

これでは、滝沢六郎にすまない。

すでに婚約までした自分を後悔しているのでは、あまりに六郎に申しわけがなかった。

それにしても、このまま、結婚に進んで行くことが怖しいようである。

大介に拒絶された愛を、そのまま、六郎へ方向転換したくなかった。出来ることでもない。

本当をいえば、もう少し歳月が欲しかった。

苦しくとも、大介を忘れ切るまで、婚約とか、結婚とかを考えたくない。

しかし、滝沢家は急いでいた。

六郎も、遅くとも秋までにはと決めている。

新しい出発を急ぐことで、一日も早く、美里の心の傷痕をとり除こうと考えているのかも知れなかった。

玄関のベルが鳴っているのに、美里はかなり気がつかなかった。

それだけ放心していたようである。

ベルを耳にして、慌てて玄関へ出た。父の一樹が予定をくり上げて帰宅したのかも知れないと思う。

が、ドアの外に立っていたのは犬丸忠行であった。

美里は忠行の顔を知らなかった。

名刺を受け取って思わず顔をこわばらせた。

「突然にお邪魔をして……」

忠行は、美里をみて、つとめて冷静にいった。

「お父さまは御在宅ですか」

九州へ旅行中と答えると、忠行は途方に暮れたようであった。

「それでは、美里さんに話をきいて頂けませんか。不躾なのは承知していますが……」

美里は忠行を応接間に案内した。

手早くお茶の仕度をする。

「実は思いあぐねて、お訪ねしたのです」

銀行の頭取という要職にある紳士が、ただの父親になっていた。

「大介のことです」

婚約が破れた理由は息子のほうにあるのは知っていると忠行はいった。

「破棄されても仕方がないと大介はいっていました。しかし、あれは、あなたをあきらめ切れないでいます。一度の失敗が生涯の恋をあきらめねばならない結果になったことを悔いています。もう、取り返しはつかないのだろうか、美里さん」

うつむいている美里へ哀願するようにいった。

「御承知のことでしょうが、大介に、わたしは負い目があります。あいつは、わたしが妻ではない女に産ませた子です。それにしてはまっすぐに、気持よく育ってくれたと喜んでいました。あいつのために、わたしがしてやれることは、なんなのか。わたしもここ数カ月、考え続けて来ました。父親として、あまりに無力です。わたしの地位も財力も、あいつにとっては、なんの役にも立たない。この情なさをせめて、あなたのお父さんにきいて頂きたいと思って、お訪ねしたのですが」

大介をどう思っているのかと訊かれて、美里は涙ぐんだ。

「好きでした。今も好きだと思います。でも、もう……」

ぽろぽろと涙をこぼしている娘を、忠行はみつめた。

「大介は馬鹿者です、こんないいお嬢さんを苦しめて……自分も苦しんで……」

眼頭を押えて、忠行は名刺をテーブルの上においた。

裏に住所がペンで書いてある。

「あいつの居所です。あいつの友人に頼んで、やっと聞き出しました」

以前から一緒に仕事をしている友人が民芸風な家具を造って売り出している。そのデザインをずっと、大介が手伝って来たのだが、

「松本に工場があります。そこで働いているようです」

せめて、もう一度、逢ってやってくれないかと老いた父親はいいにくそうに告げた。

「このままでは、あいつが不愍《ふびん》です。あいつの弁解をきいてやってもらえませんか」

美里の返事を待たずに、忠行は夜の中を帰って行った。

名刺の裏の住所を、美里は暫くみつめていた。

松本の町のどこかで、家具工場の木屑の中で、大介がなにを思い、どう生きているかを考えるのは、息苦しかった。六郎と婚約した今、二度と大介に逢っては、六郎にも大介にも済まないとわかっている。

わかっていて、美里の心は松本へとんでいた。

逢いたいと思う気持は、ねじ伏せても、ねじ伏せても、美里の中で立ち上った。

時刻表をみて、美里は簡単な旅仕度をした。

夜行列車で松本へ行けば、明日の夕方までには東京へ帰れる。

父が帰宅する予定は、明日のひる前になっていた。

父に相談すれば、決して松本へ行くことを許さないだろうと思う。

行くとすれば、今夜しかなかった。

家中の戸じまりと火の元を調べて、美里は家を出た。

自分のしていることの是非もわからなかった。ひたむきに大介を求める心しか、美里の内部にはなかった。

「ごめんなさい、ごめんなさい」

無意識に、父へ、六郎へ呟きながら、美里は原宿の駅へ走って行った。

夜行列車は早朝に、松本へ着いた。
美里にとって、ここは始めて、下車する駅であった。
駅前の交番で家具工場の住所を訊いた。
年輩の警官の説明はくどいくらい親切である。
バスに三十分ばかり乗った。
工場は市のはずれのほうにある。
バスからは田舎道であった。
近くに小学校があるのか、ランドセルをしょった子が、ばらばらと走って行く。
畑は麦がのびていた。
雲雀の声が聞えそうな朝である。
工場は、まだ正門がしまっていた。思ったより大きい。
美里は時計をみることを忘れていたようである。
九時前であった。
工場の塀について、裏へ歩いた。
林がある。
山がみえた。林のむこうも麦畑であった。
松本まで来てしまったという思いが、漸く、美里の実感になった。

ここまで来て、自分は大介に逢い、なにをいうつもりなのかと考えて、美里はうろたえた。

今更、あともどりの出来ない道を、自分はすでに歩き出していたのではなかったのか。

小鳥の声が、そこここでしていた。

のどかな夏の風景が、美里をとり囲んでいる。

生きていることの悲しみが、美里を襲っていた。

なにもかも忘れるには、死の世界しか残っていないように思えた。

美里の心の中で、道は行き止りになっている。

同じ時刻に、滝沢六郎は、青山の宮原家を訪ねていた。

昨夜、何回となく、この家に電話をかけた。

電話のベルは鳴っていても、出る人がいない。不安が、六郎を早朝に鎌倉を出発させた。

玄関も裏口も鍵がかかっている。

勝手知った家であった。常に自由に出入りしている習慣で、鍵も一箇、ポケットに入っていた。

裏口から台所へ入る。リビングの電気をつけた。テーブルの上にメモがおいてある。

松本へ行って来ます。これが最後です。
ごめんなさい。

美里

メモを持ったまま、六郎は立ちすくんだ。

高原にて

A

宮原美里が志賀高原のホテルへたどりついたのは、夕刻であった。ちょうど、このあたりが盛夏の観光客で賑う、ほんの少し前で、ホテルはまだ、ひっそりしていた。

このホテルは、以前、父と一緒に夏の間、かなり滞在したことがある。フロントは、美里をおぼえていた。

おかげで、女一人の旅を、さほどあやしまれることなく、投宿することが出来た。

夜は、怖しいほど静かであった。

窓のカーテンを開くと白樺の林があった。

うすく霧が流れている。

部屋の椅子にかけたまま、美里は長いこと飽きもせず、夜のしじまをみつめていた。

松本の朝、美里を捕えていた死の誘惑は、不思議なことに、この高原の夜の中で、いつの間にか溶けてしまったようである。

それほど、美里は無感覚に、透明になっていたといってよい。

どうして、こんなところまで来てしまったのだろうかという思いが、美里に甦ったのは朝になってからである。

霧に包まれた夜を、美里は、なにも考えず、疲れ果てて眠ったものだ。

朝食のために、ダイニングルームへ下りて行きながら、美里は健康な食欲を感じていた。

昨夜は流石に、ろくな夕食をとらなかった。その分だけ、今朝は空腹であった。

さわやかな夏の高原の空気を吸い込みながら、コーヒーを飲み、美里は東京へ電話をかけなければと思っていた。

昨夜、帰らなかった娘を、父はどんなに案じていることだろうか。

小鳥の声がふと、とぎれて救急車のサイレンが山へ登ってくる。

あたりに不似合いな音であった。

やはり、ダイニングルームで朝食を摂っていたアメリカ人の老夫婦が顔を見合せて、遥か、むこうのバス道へ眼をやっている。

が、救急車はすぐにホテルの前の道を通りすぎた。

食事をすませて部屋へ戻ろうと、フロントの前を通った。

郵便配達の男と、ホテルの支配人が立ち話をしている。

美里をみかけて、支配人が挨拶した。

「宮原先生にはお変りもございませんか」

「おかげさまで……」

救急車が戻ってきた。ホテルの前をスピードをあげて走り去る。

「この上のほうで、自殺者があったそうですよ。女の人らしゅうございますがね」

支配人が美里に教えた。

「自殺……」

背筋に冷たいものが走ったのは、昨夜ここへ着いた時の自分の気持が、これに近い状態だったことと思い合せたからである。

「どんな事情があったのか知りませんが……」

なにも死ななくても、といいたげな支配人にうなづいて、美里は古風な階段を上って部屋へ帰った。

死というものの重さと軽さを、美里は考えていた。世の中には、思いつめて、悩み抜いたあげくに、せっぱつまって死をえらぶ人もあるに違いない。

が、美里の実感としては、悩み抜き、苦しみ抜いている時よりも、その果てに、ふと訪れる投げやりな気分が、死を招き易い気がした。

考えあぐねたあげくにやってくる倦怠の状態は、なんでもなく死と仲よしになれそうである。

少くとも、昨日の美里はそれに近かった。

受話器をとって、東京の自宅を呼び出した。

父の一樹はすぐ出た。

「美里か、どこにいる……」

父の声に、美里は心がもろくなった。

「ごめんなさい。志賀高原の、いつもパパと泊ったホテルです。考え込んでしまって……でも、もう帰ります」

「すぐ帰っておいで……大変なことになった。……六郎君が倒れたんだ……」

「六郎さんが……」

「脳腫瘍だ……とにかく早く帰っておくれ」

父の動揺が手にとるようであった。

「帰ります。すぐに……」

身仕度をするまでもなかった。たいして荷物があるわけではない。

フロントへ走って勘定をすませ、タクシーを呼んでもらって長野へ直行した。

六郎と脳腫瘍という病名がどうしても結びつかなかった。

美里が知っている六郎は、病気と無縁の男であった。

いつも明るくて、存在感があり、どこかに幸せの匂いを漂わせていた。

子供の時から、美里は無意識に、六郎に頼んで、彼が出来ないことは何一つないように思い込んでいた。

宿題でも、遊びでも、六郎をあてにし、六郎にまかせて、安心してすがりついていたようなところがあった。

美里の得手勝手な願いかも知れなかったが、たとえば、結婚して、不幸せになった場合でも、六郎のところへなら、泣いて行けるような気がしていた。ずたずたになった美里の心を、六郎なら、黙って温めてくれるような虫のいい願いが、美里のどこかにあったといってよい。

その六郎が、倒れたというショックは、完全に美里を打ちのめした。

上野からは、河田町のT大附属病院へ向った。

そこに、六郎が入院していると父から知らされている。

タクシーからころがるように下りた。

病院の白い建物が、更に美里を打ちのめした。

一階のロビイに、父の一樹がいた。思いがけなかったのは、そこに犬丸大介の姿があったからである。

が、その時の美里は、そのことに心が動かなかった。

「六郎さんは……パパ、六郎さんは……」

取り乱している娘の肩を一樹がおさえた。

「待ちなさい、今、医者が手術をするかどうか、御家族と相談しているんだ……」

「手術……」

「お前が松本へ出かけた翌朝に、六郎君は青山の家へ来たんだ。お前が松本へ行ったというメモをみて、彼は自分も松本へ行こうとしたらしい。わたしが帰って来た時、彼は時刻表を持って、わたしになにかいいかけた。いいかけたまま、昏倒したのだ」

救急車で、六郎を一樹がT大附属病院へ運んだのは、一樹や六郎の父の滝沢三郎の友人が、ここの脳外科の部長をしていたからで、

「その時は、まさか、脳腫瘍とは思っていなかったんだ」

しかし、ここへ来て、六郎がすでに半月ほど前に、この病院で検査を受けていたことも明らかになった。

「御家族に相談したいこともあるからと、わたしはいったんだが、六郎君は、自分からお父さんに話して、一緒に来るから、それまでは誰にも話さないでくれといっ

てね。が、わたしとしては気がかりなので、今日明日にも滝沢君に連絡をとろうと思っていた矢先のことなんだ」

脳外科部長の柳沢博士は、かけつけた滝沢三郎や、つきそっていた宮原一樹に沈痛に語ったという。

「手術をすれば、治るのね、パパ……」

慄えている娘に、一樹はくちごもった。

「柳沢教授の説明だと、手術は危険だそうだ。しかし、手術をしなければ、六郎君は……今度、発作が起ったら、まず、間違いなく」

美里がめまいを起した。

父親の腕の中で、僅かの間、意識を失った。

「逢わせて下さい。あたし、六郎さんに逢いたい……」

何故、米原の宿で、自分を六郎が求めなかったか、今の美里にはすべてが氷解する思いであった。

六郎は、すでに自分の病気を知っていた。彼のことだから、病気の自覚があってから、あらゆる書物をあさって、自分なりに病気の正体をつきとめていたことだろう。

余命がないことも、手術の危険性もおよそわかっていて、六郎は美里を抱かなかった。

六郎の愛の深さが、美里の心にしみ通るようであった。

「待ちなさい。六郎君は、今、検査中だ。落つくんだ。その状態で六郎君に逢ったら、六郎君を動揺させるだけだよ」

大介が紅茶にブランディを入れたのを運んで来た。

「そうだ。もう一つ、大事なことをいっておこう」

一樹が大介をみ、娘をみつめた。

「パパと、深沢亜稀子さんの間には、たしかに十五、六年前、愛があった。そのことは、深沢さんにも、美里にも、又美里の歿ったママにもすまないと思っている。しかし、パパと深沢さんは他人だ。そのことは大介君にも話した。パパは知らなかったんだ。深沢さんとパパのことで、お前達が苦しんでいることを……六郎君からいわれて、はじめて知ったんだよ」

父と深沢亜稀子との間に、肉体の関係はなかったという事実を、美里は茫然ときいていた。

不思議なことに、喜びがなかった。大介との愛の障害が、これで取り除かれたという実感がまるでない。

エレベーターから、滝沢四郎が下りて来た。

六郎の長兄である。

「六郎の検査が終りました。今、部屋へ帰って、美里ちゃんは、まだ帰らないかと訊いています」

足をふみしめるようにして、美里は歩いた。

「連れて行って下さい。六郎さんのところへ……お願い……早く」

病室は六階であった。

ベッドの上で、六郎はいつもの表情で美里を迎えた。

美里をみて、六郎の父も母も次兄も、そっと病室を出て行く。

「馬鹿だな。松本へ行くなんていって、どこへ行ってたんだ」

六郎が笑った。

「大介さんも心配していたぞ」

昨夜、松本からかけつけてくれたと六郎はいった。

「君のパパが、大介さんのお父さんに住所を訊いて、連絡したんだ」

「そんなに喋らないで……」

ベッドの傍へすわった。

「松本へは行ったの。でも、大介さんに逢うつもりがなくなってしまって……志賀高原へ行ってたの」

「彼と結婚していいんだよ」

六郎が微笑した。

「美里のパパと深沢さんはなんでもなかった。君が大介君の過去を忘れてやれば、幸せになれる。男なんて、一度や二度の過去は必ずあるものだよ」

「あたし、六郎さんと結婚するのよ」

「無理しなくていいんだよ」

「お嫁さんにしてくれないの、あたしはもう六郎さんのお嫁さんのつもりなのに……」

二度と迷わないと美里はいった。

「一生、六郎さんについて行くわ」

「美里……」

六郎の手が、美里の手を握りしめた。

「じゃ、もし、俺が死んだら、大介君にもらってもらえよ」

「いや……」

激しく美里が、かぶりをふった。

「六郎さんに万一のことがあったら、一生、結婚しません。あたし、多分、生きていないと思う」

「馬鹿でもいい、六郎さんのいるところへ行く……」

「センチになるなよ」

「あたし、六郎さんがいなかったら、生きられない……そのことに、今、気がついたのよ。やっと、気がついたのよ」

泣いている美里を、六郎はもどかしげに手をのばしてゆすぶった。

「駄目だ。そんなことをいっちゃ……」

「でも、そうなのよ」

生きていて、と美里は六郎の顔に涙を落しながらいった。

「あたしのために生きていて……」

美里は自分から六郎の唇を求めた。

「美里……」

静かなくちづけだったが、六郎の眼が燃えていた。

「本当に、俺が必要か」

六郎にみつめられて、美里は、はっきりうなずいた。

「あたし、さっき、パパから深沢さんのことをきいて、それで大介さんとの結婚の障害がなくなったって思わなかったの。思ったのかも知れないけど……自分とは、なんの関係もない話をきいたようで……自分でも不思議なの……嬉しくもなんともなかったのよ、本当に……だから、あたし、大介さんとのことは終ったって気がついたのよ」

六郎が美里の手を唇にあてた。

「どうでもいいと思ってたんだ。生きても死んでもどうでもいい。しかし、生きるか、生きなけりゃならないな、美里のために……」

みつめ合って、美里は祈るようにいった。

「生きてね、あたしのために」

「ああ、二人のために、エンヤコラだ」

六郎らしい笑いが、六郎の唇から洩れた。

B

手術は午後五時から開始された。

輸血のために用意された血液が、やや不足気味だと柳沢教授にいわれて、大介が応じた。

「同じ血液型です。もし、よろしかったら」

他に、六郎の長兄が採血を受けた。

母の千代枝は病後ということもあって、これは医者からとめられた。長く、重苦しい手術時間であった。

大介は、ふと、美里の姿がみえないのに気がついた。

どこへ行ったのかと思う。

美里の姿を求めて、中二階まで下りた。

そこに礼拝堂があった。

美里はコンクリートの床にひざまずいていた。化石したような姿は、大介がみても近づき難いなにかがあった。

美里の心が、今、六郎にしかないのを、大介は思い知らされていた。

六郎に万一の時は、美里は死ぬかも知れないと思う。

幼い日から育てて来た六郎の愛の深さを、大介は想った。そして、美里も、今、それを知って、彼にすべてを賭けた。

足音を消して、大介は病院を出た。

ひどく孤独だった。

しかし、耐えられない孤独ではないと思った。六郎が死に、美里が死ぬことを思えば、まだ救いのある孤独だった。

マンションへ帰り、大介はぶっ倒れるようにベッドへもぐり込んだ。

六郎の手術は五時間を要し、成功したようであった。

「はっきりした結果が出るのは、数日後と思って頂きます」

それは、手術の前から柳沢教授に予告されていることであった。

病室には美里がついた。

滝沢夫婦は、とりあえず、青山の宮原家へ落ついた。もはや、医学の力と、六郎の生命力に頼るほかはない。

美里が、全く眠らずに六郎のベッドにつきそっているということを、大介は青山の宮原家へ電話をして知った。

深沢亜稀子から電話があったのは、そんな日の午後であった。

近く、ニューヨークへ帰るという。

「お茶でも如何」

亜稀子の電話を、大介は承知した。

待ち合せたのは赤坂の喫茶店であった。

近くの洋装店で、服の仮縫いをして来たという亜稀子は眼もさめるような花柄のジョーゼットのワンピースをゆったりと着ている。

「松本へ行っていたそうね、お父様が心配していらっしゃったわよ」

まだ、美里さんを諦められないの、と茶化すような亜稀子を、大介は睨みつけた。

「滝沢六郎君が手術をしたんです」

流石に亜稀子が表情をひきしめた。

「癌じゃなかったの」

今度は、大介が驚いた。

「いつか、T大附属病院で逢ったのよ。あの人、なにもいわなかったけれど……」

手術の結果を亜稀子が訊ねた。

「まだ、なんともいえません」

「美里さんは……」

「つきそっています」

「そうなの」

考え込むような亜稀子へ、大介はいった。

「僕はとうとう滝沢六郎に負けましたよ」

「あたしのせい……」

亜稀子が指を組み合せた。

「でも、機会はあるわ」

ぎごちなく、微笑した。

「もし、六郎さんが死んだら……」

「美里も、死ぬかも知れません」

「まさか」

「とにかく、僕とは結婚しないでしょう」

「あたしと宮原画伯とが、なんにもなかったといっても……」

「そのことは、宮原先生にききましたよ」

「美里さんも知ってるの」

「知っています」

宮原一樹から、それを打ちあけられた時、美里がなんの感動もしめさなかったことを、大介は思い出した。

あれほど、大介も美里も苦しんだことが、嘘のようである。

「あたしとの過去に、美里さん、こだわっているわけね」

大介は首をふった。

「たぶんそうじゃないと思います」

「じゃ、なんなのよ、あの人はもうあなたを愛していないっていうの」

「残念ながら……」

愛のはじまりと、愛の終りを大介は考えていた。

深沢亜稀子に対して、かつて大介は愛を感じ、愛を終了させた。

そして、今、美里によって、新しい愛を知り、美里によって終りを告げられた。

自分の存在は、美里にとってなんだったのかと思う。

この一年、美里にまつわりつき、美里を苦しめ、傷つけて、美里の傍から立ちさろうとしている。

大介の眼が、窓の外の風をみていた。

まだ青いプラタナスの葉が地上に舞っている。

落葉

A

九月になって最初のさわやかな朝に、犬丸大介は上野駅から列車に乗った。

早朝のことで急行列車は比較的空いていた。

まだ、夏の名残りのある朝の光がさし染めたばかりの東京の町を、大介は車窓から眺めていた。

河田町の病院では、今朝も滝沢六郎のベッドの横に、美里が付き添って、彼の朝食の世話をしているに違いなかった。

数日前に、大介が病院を訪ねた時、美里は紺地に水玉のエプロンをかけていた。

二カ月近い看護に、美里は痩せて、顔色も決していいとはいえない状態であった。

しかし、眼には美里らしい輝きがあり、表情も明るかった。

六郎の回復は順調だと医者もいっているらしい。

再発の懸念も、今のところはない様子だと、宮原一樹も話していた。

「この調子なら十月には退院出来るかも知れないんですって……」

見舞に行った大介のために、紅茶をいれながら、美里はいくらか、はにかんだ表情で告げた。

「なんとか、生きのびられそうですよ。こうみえても、僕は悪運が強いんだな」

六郎も笑い、病室の雰囲気は、むしろ快活であった。

「よかった……」

帰りがけ、病室の外まで送って来た美里へ大介はいった。

「幸せになって欲しい。本当によかったと思っているよ」

美里は、なにかいいたげな眼をしたが、そのまま伏せた。

痩せて、一廻り小さくなったような美里の肩が小刻みに慄えている。

だが、大介はそのまま、背をむけて病院から去った。

あの時の美里の姿が、今、東北の旅に発つ大介の瞼に鮮やかなほど残っていた。

すでに諦めた恋なのに、大介の胸には未練があった。

消しても消し切れない美里への気持を整理するために、思い立った今日の旅であった。

ちょうど一年半ぶりだと思った。

一年半前に、この急行列車に乗ったのは、深沢亜稀子に逢うためであった。

平泉へ出かけたという深沢亜稀子を追って、彼女の本心を訊ねる旅であった。その旅で、大介は美里を知った。

年上の女に翻弄されたような愛欲の世界に疲れ切った大介にとって、宮原美里との出逢いは、さわやかな愛の始まりであった。

美里によって、大介は青春をとり戻し、純粋な愛の喜びを知ったといってよい。

その愛に別離を告げる旅のつもりであった。

が、平泉が近づけば近づくだけ、大介の心は苦しくなった。

美里を失った自分の生涯は、荒涼とした原野のように思えた。そこを歩き続ける自信が、今の大介にはない。

一ノ関へ着いたのは、正午すぎであった。

市内の蕎麦屋で遅い午食をすませてから、大介は平泉へ向った。

この前、平泉を訪ねた時は冬であった。

凍りついたような厳寒の平泉は観光客の姿もなく、すがすがしいほどの静寂があって、それが、大介の心を救ってくれたようである。

残暑の坂道を大介は、ゆっくり登って行った。

蟬が啼いている。

衣川のみえるあたりで足を止めると、木立を吹き抜けてくる風に秋の匂いがあった。

この季節、冬ほどではないが、やはり、参詣客の足は少くなっている。

大学生だろうかジーンズにナップザックをしょった恰好のグループが大介のあとから上って来て、追い越して行った。

美里に出逢った時のことが、大介の心に鮮やかに浮んでいた。

東京に、思いがけない大雪があった翌日のことである。

平泉は時々、粉雪が舞うほどだったが、仙台あたりはやはり大雪で、その影響もあってか、上りの列車が大幅に遅れ、急行、特急が運休になった。

美里は、帰りの列車を気にしていた。

あの時の、心細そうな、どこかにあどけなさの残っている美里の面影が大介の心を捕えた。

深沢亜稀子を平泉まで追って来ながら、彼女の宿を訪ねることを断念して平泉を去ったのは、今にして思うと、美里の清冽な印象が大介の心の混沌としたものを吹き払ったためかも知れない。

しかし、平泉での大介は、美里に心を惹かれながらも、そのことに自覚がなかった。

あのまま、二度と美里に逢うことがなければ、美里の印象は、印象の儘、大介の思い出の中だけに終ったに違いない。

羽田での、二度目の出逢いに、大介は運命を感じていた。

もし、男と女を結びつけるきずなというものがあるとしたら、平泉で大介と美里の間に生まれた二人のきずなを、羽田での二度目のめぐり会いが、更にしっかり結びつけたといってよい。

再び、大介は歩き出した。

境内は夏木立に囲まれていた。

近所の子供だろう、陽に焼けた顔を並べてスケッチをしている。

経堂の前で、大介は長い時刻《とき》をすごした。なにも考える意志がなくなり、ただ過ぎた思い出だけが、重複して胸の中をよぎって行くのにまかせていた。

背後に人の立つ気配を感じてふりむいたのは、陽が西に傾きかけた頃合である。

大介は黙って、深沢亜稀子を眺めた。

白い麻のスーツに、グレイのブラウスを衿許からのぞかせて、夕暮の中の亜稀子はかつて大介が憧れたニューヨーク時代のように、おっとりと美しかった。

「やっぱり、ここに来ていたのね」

亜稀子が動くと、亜稀子のまわりの空気が彼女の香に包まれた。

アメリカでの生活の習慣が、亜稀子に濃い香水の匂いの好みを定着させている。

実際、香水と亜稀子はよく似合った。

「あなたのお父様からお電話があったのよ、あなたが東北旅行に出かけたって……あたしも、平泉へは、もう一度、来てみたかったし、多分、大介さんの来るところも、ここではないかと思ったので……」

木洩れ陽に、軽く眉をしかめた。

「いよいよ、ニューヨークへ帰りますの、娘も待っていますし……」

ベンチに腰を下した。

「私、大介さんには、本当に悪いことをしたと思っています」

大介は自分の足許をみつめた。

「深沢さんらしくもないことをいうんですね」

苦笑して、煙草を取り出した。

「あなたになにをされても仕方がないと思っていますよ、実際、僕はあなたを愛した。そのくせ、宮原美里に逢って、彼女をより以上に愛してしまったんです……」

「あたしとのことは、最初から遊びだったんでしょう」

「そんなつもりじゃありませんでした。あの頃の僕は、あなたを愛していたんです。ただ、今、考えると」

「本物じゃなかったのね」

亜稀子が微笑した。

「ニューヨーク時代の大介さんは本当の大介さんじゃなかったのよ。どこか、心がしらけていて……あの大都会のように、明日がなかった……あたしは、そんなあなたが好きだったけれど……」

形のよい脚を軽く組んだ。

「あたしって、うぬぼれが強いのかしら。いくら、もう愛していないといわれても、一度、愛し合った男女が心変りをする筈はないと思ってしまうんです。前にも一度、そういうことがあったわ、宮原一樹の時なんです」

妻のある宮原に恋をして、宮原も一度はその気になった。

「奥さんと別れて、あたしと結婚すると口に出したの。体の関係はなかったけれど、あたしは彼の言葉を信じて、彼にすべてを捧げるつもりで、東北旅行を約束したわ」

待ち合せる場所は、平泉の宿だった。

「あたしは予定通り、東京を発ったわ。彼の花嫁になるつもりで……」

だが、宮原は来なかった。

「宿に電話があったのよ。お嬢さんが……美里さんが発病して疫痢の疑いがある……」

東北旅行がきっかけで、結ばれる筈の男と女の仲が、逆に来られなかったことで、冷えた。

「美里さんの病気が、宮原画伯に、父親の責任と奥さんや子供さんへの愛情を確認することになってしまったのね。でも、その当時の私には、そういう男心がわからなかった」

宮原が避けるようになっても、亜稀子は宮原につきまとった。

「奥さんにも逢ったわ。滝沢さん御夫婦からも説得されたのよ」

滝沢六郎の両親である。

「なんといわれても、あたしは宮原さんを信じていたの。彼が心変りをしたとは、思いたくなかったし、思わなかったわ」

最後に宮原一樹と逢って、直接、別れの言葉を訊くまでは、愛の変化をみつめようとはしなかった。

「愛に終りがあるものとは思いたくなかったのよ。昔も今も……大介さんに対してもそうだったわ」

大介を愛しながら、年上の女だという気持が、長く彼の愛を受け入れさせなかった。

「あなたの情熱に負けた時に、あたしはあなたの愛を信じたわ、あなたが美里さんを愛したといっても、あたしは美里さんに負けると思わなかった。大介さんは浮気をしている。どんなことになっても、あたしのところへ帰ってくるという自信があったのよ」

それが、うぬぼれだと気がついたのは、美里を失ったあとの大介をみてからだと、亜稀子はいった。

「美里さんを失っても、あなたはあたしのところへ帰って来てはくれなかった……」

そればかりか、失った今も大介の心に美里がいる。

「愛に終りのあるものと、ないものとがあるのね。あたしの愛は、いつも終りがある。でも、大介さんの美里さんに対する愛は終りがない。その差を思い知らされたような気がするわ」

美里が羨しい、と亜稀子は呟いた。

「あたしが……女の人を羨しいと思うなんて、みじめな話だと思っているわ」

大介にすまないなどといったのも、自分の弱気のためだと亜稀子は笑った。

「ニューヨークへ帰ったら、又、昔のあたしに戻るつもりよ。麻理にはよいママで、外ではすてきな恋人に囲まれて……仕事は男性顔負けの女……でも、いつまで続くのかしら、そんなあたしが……」

「深沢さん……」

「男はあてにしません。愛もあてにしないわ。ニューヨークという都会は、それが出来るの。日本は駄目……もう日本には帰りませんことよ」

白いハイヒールが大介の前から後退《あとずさ》った。

「あなたも早く東京へお帰りなさい。ここにいたって、どこにいってみたって愛が忘れられるものではなくてよ。忘れようと思ったら、ニューヨークへ来ること……」

あでやかな声が、やっと亜稀子らしくなった。

白いスーツの背をみせて、亜稀子が境内を去ってからも、大介はそこにいた。

愛には終るものと終らないものとがあるといった亜稀子の言葉が身にしみるようであった。

もし、美里への愛が永遠に終らないものであるなら、これからの一生、大介は心のどこかに抱き続けて生きねばならない。

それもままよ、と大介は思い直した。

自分と同じく、美里を愛した滝沢六郎は、もし美里が幸せなら、恋を大介にゆずって生涯、口に出すまいと心にきめていたという。

果たして、そんなことが自分に出来るかどうか、自問して大介は途方に暮れた。

どう考えても出来そうになかった。人妻となった美里であっても、逢えば奪いかねない狂気のようなものを、大介は自分の内部にみている。逢わないより仕方がなかった。

生涯、美里と逢わない土地で、一生を終るしかないと思う。

日が暮れて、大介は中尊寺と別れを告げた。

迷いは来た時よりも、更に大介の内部で深いものになってしまっていた。

B

東京へ帰って来たのが、翌日の夕方であった。

マンションへ帰る前に、なんとなく父親のところへ電話を入れたのは、やはり、自分の行動が老いた父に心配をかけているとわかっていたからである。

田園調布の家の電話口には、忠行が出た。

「どこにいる……今、どこに……」

老練な銀行家である父の声が、ひどく取り乱していた。

「上野駅です……」

何事が起ったのかと思った。

「滝沢六郎が歿ったんだ」

大介は絶句した。

「今朝二時だったそうだ」

容態が急変したとしか、忠行にもわかっていないらしい。

「遺体は、鎌倉へ帰った。しかし、美里さんは病院だ」

美里が倒れたと忠行はいった。

「とにかく、病院へ行け」

電話が切れたのを、大介は意識していなかった。

タクシー乗り場へ走りかけ、思い直して国電のホームへ行った。

この時刻、東京の街は国電のほうが早い。新大久保からはタクシーをとばした。

病室は面会謝絶になっていた。

父親の一樹が、看護婦に呼ばれて廊下へ出て来た。

彼の表情も、この前、逢った時以上に老けていた。

「六郎君の遺体を鎌倉へ運ぶことになってから、美里が昏倒してね。それまでは気を張っていたのか……」

身心ともに極度に衰弱しているために、薬で眠らせてあるという。

「三日前から容態が変ったんだ。医者はわかっていたそうだが、患者があまり、元気なので、半信半疑のところがあったらしい」

病室は暗かった。

一樹の許しを得て、大介は美里の枕許に立った。

白い顔が夕顔の花のように、暗い中に浮んでいる。

美里を抱きしめ、揺すぶりたい衝動が大介に起っていた。

このまま、美里が六郎と共に、あの世へ旅立ってしまうような不安が、大介を息苦しくさせた。

「本当に、ねむっているんですね」

看護婦に念を押した。

「大介君……」

宮原の声がしめっていた。

「今となっては、わたしの力で、この子を立ち直らせることは出来ない。この子が眼をさました時、わたしになにがいえる……なにがしてやれる……親はあまりにも無力だ」

父親が、かつて娘の愛した男をみつめた。

「君は、今……美里をどう思っている」

「愛しています」

ためらいなく、大介はいった。

「僕は、美里さんを愛しています。たとい、美里さんが誰の妻になっても、僕は美里さんを断念することは出来ない。生涯かけて、僕は……」

一樹がうなだれた。

「君に、おすがりしたい。君の力で、今一度、娘に生きる力を与えてやってもらいたいのだ……」

暗い病室に大介を残して、一樹は鎌倉へ出かけて行った。

彼の肩にある深い悲しみが、大介にわかった。

一度は、娘の聟にとのぞんだ友人の息子が死んで、娘は病床に倒れた。

娘のために、娘のかつての恋人に、愛の復活をたのむ父親の胸中は複雑であったに違いない。

滝沢六郎は死んだのか、と大介は思った。

ライバルの死が、大介を単純に喜ばせることはなかった。

むしろ、美里のために、途方に暮れる思いであった。

自分の美里への愛は変らなくとも、すでに美里の気持は自分から去っている。

愛しい人の死を迎えた美里に、どうやって過去になった愛の甦りを求めたらいいのか。

暗い中で、大介は美里をみつめていた。

どうやったら、愛する者の心をとり戻せるのか。

美里の性格はわかりすぎるほどわかっていた。

六郎が死んだからといって、すぐ大介の手を求める彼女ではなかった。

おとなしく、素直な美里の中に、いちずに燃え上るものがあることを、大介は怖しいと思っていた。

六郎の死は、美里の死へつながっている。

どうしたら、それを阻止出来るのか。

大介の背を冷たい汗が流れていた。

紅葉燃ゆる日

A

滝沢六郎の四十九日の法事が行われた鎌倉の寺は、紅葉の中にあった。

その日、大介は前日、宮原一樹に約束したように、青山の家へ車で迎えに行った。

美里は喪服だった。

黒の紋付に黒の帯、白は半衿だけという装いが、美里をかえって女っぽくみせていた。

赤い珊瑚の数珠に白い房のついたのを手にして、一樹の背後からひっそりと玄関に出て来た。

美里が、どこか変ったと大介は思った。

表面的なことではなかった。

滝沢六郎が歿ってから、大介は殆んど毎日のように、美里を見舞っていた。

美里の気持を、なんとか取り戻したいと思った。そしてそれ以上に、美里に生きる力を見出だしてもらいたかったからである。

僅かの間に、美里の健康は回復した。

が、心の回復は遥かに遅いようであった。

六郎の法事を除いて、美里の日常は、いつの間にか、以前に戻っていた。

旅行社は六郎の病院に付き添うようになった時、思いきりよく辞めていたから、美里はもっぱら、家にいて、家事に、いそしむことになった。

外出は滅多にせず、いつも、くるくると立ち働いている。

いつの間にか、大介は仕事を終えての帰りを必ず、青山の宮原家へ寄って、食事をし、十時すぎまで、美里や宮原一樹と過してからマンションへ帰るという生活が定着していた。

食後の団欒は、もっぱら大介と宮原一樹によって会話が発展した。

美里は食後のお茶をいれながら、二人の会話をかすかな微笑を浮べてきいていることが多かった。話題に加わることはあっても、以前の美里のようではない。

どこかで、美里は心弱く、不安定なものを抱えているようであった。

辛うじて、自分を支え、辛うじて生きているようなところがある。

喪服をまとって、玄関に出て来た今朝の美里から、その不安定なものが姿を消していた。

どこかで、美里がしゃんとしている。

変ったと大介が感じたのは、そのためであった。

鎌倉までは、誰も口数が少かった。

故人のことを話題にするには、誰もが傷手を負いすぎている。

法事は近親者だけであった。

滝沢三郎、千代枝の夫婦に、長男の四郎、次男の五郎、それに滝沢家の親類である。知人としては宮原一樹に美里、そして犬丸大介の三人のみであった。

形通りの読経に焼香が終って、この寺の近くにある精進料理の店で、遅い午食《ごしょく》になった。

親類はそこから帰り、宮原達だけが、

「ちょっと寄って行って下さいよ、みんな一ぺんに帰っちゃうと、六郎が寂しがるから」

千代枝がいって、滝沢家まで同行することになった。

千代枝が台所でお茶の仕度をはじめ、美里が手伝った。

「四十九日の法事もすんだし、納骨も終ったし、まあ、これで一段落したんだわね」

わざと千代枝はさばさばいってのけた。

「美里ちゃんをお嫁にもらいそびれて、がっくりしてるだろうけれど、六郎は幸せ者よ。子供の時から好きだった美里ちゃんと婚約もしたし、最後まで看病してもらったんだもの。満足して逝ったと思うのよ」

そういってから、千代枝は台所の戸棚から一冊のノートを出して来た。

「六郎のノートなの。あの子の身の廻りのものを片づけていたら、鍵のかかる机のひきだしから出て来たのよ」

ノートは真新しかった。

表紙をめくると、いきなり、遺言のこと、と大きな文字がとび込んで来た。

日記ではなく、遺言を書くために買って来たノートのようであった。

日付は、ちょうど、六郎が倒れる前夜になっている。

「読んでやってちょうだい、美里ちゃん」

うながされて、美里はノートに眼を落した。

六郎独特の大きな文字である。

まず美里へ、と文章は、はじまっていた。

僕は君に詫びなければいけない。

間もなく発病することもわかっていて、それが不治の病に違いないと悟っていて、僕は君と婚約した。

君を生涯、幸せに出来るあてもないのに、いや、間もなく、君を深い悲しみに叩き込むことを予想していて、君と婚約してしまった僕を、どうか許して欲しい。米原での事件がなかったら、僕はこんな馬鹿な廻り道をせずに、犬丸大介と幸福な結婚へ出発する君を、兄のような気持で見送ったに違いない。

しかし、君は大きなショックを受けて僕の許へとび込んで来た。傷ついた小鳥をしばし、僕の懐中で羽をやすめさせるための、いわば、僕と君の婚約だった。

勿論、僕は君を愛している。命ある限り、君を誰よりも愛し続けるだろう。だが、その命が、僕にはもう残されていない。僕が死んだら、美里、君はどうするだろう。婚約してしまった今、僕の最大の不安はそれ一つだ。

子供の時から、僕は君を知っている。

犬丸大介への愛をあきらめて、僕を愛そうと決心した時から、君は遮二無二、僕へ突き進んで来た。ひたむきな君の情熱が、僕の残り少い生涯を薔薇色に染めてくれた。それを、僕はどんなに満足し、喜んでいることか。

美里、もういいんだよ、僕は君の心を得て、幸せなままにあの世へ旅立って行く。君を幸せに出来ず、すまないという思いだけを残して。

君は幸せにならなければいけない。僕のためにも幸せになってもらいたいのだ。

笑いを忘れた美里を、僕は好まない。君はいつも、明るくさわやかな美里でなければならないのだ。

美里、
僕は今、君のために、君の犬丸大介への気持を決定的にした米原での出来事を考えている。あれは、深沢亜稀子のトリックではなかったのか。君は深沢亜稀子の電話で米原の宿へ誘い出された。訪ねて行ってみると、そこに大介が眠っていた。隣に深沢亜稀子がいた。そうだったな。

可笑しくはないか。僕が知る限り、犬丸大介という男は、容易に深沢亜稀子の誘惑に屈するような奴ではない。彼は美里を愛している。そのために、深沢亜稀子との過失に苦しみ抜いていた。その彼が、どう持ちかけられたとしても、二度と深沢亜稀子と寝るわけはないんだ。少くとも、僕はそう思う。

彼も亦、美里と同様、深沢亜稀子の罠にかかったのではないか。美里、君は犬丸大介から、あの夜のことについての釈明を訊くべきだ。許せるものなら、犬丸大介を許すんだ。

彼ほど君を愛している者が、僕の他にいるとは思えない。

そして、君が彼を愛したように、僕も彼が好きだ。彼には最初から好意を持っていた。ライバルでありながら、彼なら美里をくれてやってもいいような気持が僕の中にあった。

あいつはいい奴だ。間違いなく、美里を幸せにするだろう。

美里、もう一度、彼の胸にとび込んでみないか、君を幸せに出来る奴は、彼しかないと思う。

勇気を出せ。

君が愛したのは犬丸大介なんだ。残念ながら僕じゃない。

愛する美里、幸せになってくれ。

そうでないと、僕はいつまでも天国行きの階段の途中で、宙ぶらりんになっていなければならないぞ。


美里は泣いていた。

六郎らしい文章であった。

おどけた書きぶりの中に、彼の愛情が波うっている。

「六郎の気持、わかってやってよ。美里ちゃん、大介さんとやり直しをするべきですよ。あたしも、それを、あなたにお願いしたくてね」

千代枝の声もしめっていた。

B

四十九日の法事の翌日、美里は犬丸大介を代々木公園へ呼び出した。

ここも、紅葉であった。

すでに日だまりがあたたかく感じられる季節である。

「あたし、アメリカで働こうときめたんです」

草に腰を下して、美里はそっといった。

「アメリカ……」

「ボストンです。ジュッセンさんのお宅において頂いて働くことにしたんです」

だいぶ前に手紙を出して相談をしたと美里はいった。

「お返事を頂いたんです。お手紙も、電話もかけて下さったんです」

昨夜のことで、父の一樹も電話口に出て話をしたという。

昨年の春に、日本へ観光旅行に来て、美里がガイドをしたボストンの老夫婦であった。

その折も美里を気に入って、再会を約して去ったものだが、なにかにつけて手紙も来、美里も返事を出していた。

ボストンの他にニューヨークにも家があり、すでに息子にまかせているが、いくつかの事業をしている、いわゆる、東部の資産家であった。

「日本にいては、つらいのか」

それほど、六郎を愛していたのか、と大介は美里をみつめた。

「君と別れたくないんだ」

美里が、そっとノートを出した。六郎のノートである。

「滝沢の小母様が、あなたにもおみせするようにとおっしゃって……」

ためらいながら美里のさし出したノートを大介は、むさぼるように読んだ。

読み終えた時、大介の眼にうすく涙が光っていた。

「少しの間、大介さんとも離れていたいんです」

見知らぬ国の見知らぬ所で働きながら、自分の気持をみつめたいと美里は訴えた。

「父も許してくれたんです。ジュッセンさん御夫妻が、なにもかも引き受けるとおっしゃって下さって……」

父も一緒に、ボストンまで行くと美里はいった。

「そこで、ジュッセンさん御夫妻と話し合って、私をあずけるかどうかきめるといっています」

大介は眼を空へむけた。

「ボストンは遠すぎるな」

寂しげな声であった。

「それで、いつまで待てばいい」

美里はうつむいた。

「わからないんです。自分でも……」

「一年待つ」

大介はいった。

「一年経ったら、逢ってくれ。その時におたがいの気持に、昔が戻ったら……結婚してもらいたいんだ」

「一年……」

「一年経っても、君が帰って来なかったら、僕のほうからボストンまで出かけて行く。逢ってくれるね」

美里がうなずいた。

勝気なようで、心細いものが美里の横顔にある。

手をさしのべて、美里を抱きしめたい気持を、大介は押し殺した。

漸く黄ばんだ銀杏の大樹の背後に、白い雲の浮んだ空が、オレンジ色のフィルターをかけたような西陽に染まっている。

「一年か……」

呟いて、大介はごしごしと頭を掻いた。

十一月。

美里は、父と共にボストンへ発った。

一カ月ほどで、宮原一樹だけが帰って来た。

ボストンのジュッセン家へ美里をあずけ、ニューヨークからヨーロッパを廻って帰国したという。

「ジュッセンさんの家庭は大変、立派で、御夫妻が気持よく、美里を引き受けて下さった。なんにも心配なことはないが……」

美里の仕事も、近くの日本語学校の教師にジュッセン氏が世話をしてくれたという。

「我儘娘が、まことに、大介君にはなんといってよいか」

恐縮している父親に、大介はむしろ快活に笑った。

「一年経ったら、逢いに行きます。それで駄目なら、もう一年……何年だって待ちますよ」

美里を待ちながら、自分の仕事にも情熱を燃やしている大介であった。

友人と組んで、信州ではじめた民芸風の家具が好評で、大手のデパートにも入ったし、貿易会社を通して、外国からの注文も増えているという。

「働いて金を貯めて、ボストンへ行く日をたのしみにしていますよ」

大介が帰って間もなく、宮原家には、もう一人の訪問客があった。

深沢亜稀子であった。

「年内に日本を引き揚げることになりましたので……」

今まで日本に残しておいた家も家財もすべて処分したと亜稀子はいった。

「ニューヨークへ帰り、娘の麻理を連れてパリへ移住するという。

「ニューヨークとパリと半々の生活になりますかしら」

もう日本へ帰る気はないと亜稀子はいった。

「お別れに参りましたの、昔の恋に……」

そんな言い方も、亜稀子らしかった。

「あなたにすまないことをした。今更、お詫びしてもどうにもならないことだが

……」

「お怨みしましたのよ。怨みながら、私、やっぱり、宮原さんを忘れられなかったんですのね。だから、美里さんには、意地悪をしてしまいました」

愛と憎しみは常に背中合せに存在する。

「でも、もう、お怨みしません。年ですもの。いつまでもこだわっていては、自分がみじめになるだけですわ」

そっと、宮原を仰ぎみた。

「私を許して下さいます……」

「許しを乞うのは、わたしのほうだったのだ」

もっと早くに、自分のほうから、亜稀子を訪ねるべきだったと宮原はいった。

「一つだけ、うかがいたいんです。私の日本を去る思い出に……」

亜稀子の眼が輝いて、宮原をみつめた。

「愛して下さったのは、真実だったのでしょうか」

宮原がうなずいた。

「愛していました。ただ、家族のしがらみが切れなかった。わたしは卑怯者だったのですよ」

「それをうかがって参りたかったのですわ。私も、宮原さんを愛しています」

夕陽の中を亜稀子は優雅に歩み去って行った。

日本に生まれながら、日本に死ぬことを拒否した女の後姿は、これからの長い女の旅路に耐え得るほどの、毅然としたものを漂わせている。

美里のボストンでの生活は順調だった。

ジュッセン夫婦の心くばりの中で、美里は必死で生き、必死で働いた。

犬丸大介からの手紙は三日にあげず、ジュッセン家のポストに投函された。

ジュッセン夫人がいい出して、その手紙は、

「キューピットの矢」

と名付けられ、配達人までが、そう呼んで美里に手渡すようになった。

たしかに、大介の手紙は異国に暮す美里の心の支えになった。

知らず知らずの中に、美里は大介の手紙を待ちかねている自分を発見していた。

返事を書くのが苦痛でなくなったのは春をすぎる頃からであった。

ひかえめに、心を抑えながら書いていたものが、いつの間にか、心をひらいて訴えかけていた。

だが、十月が近づいて、美里はやはり迷っていた。

大介を愛している自分を確認し、彼の胸にとび込むことに、ためらいがある。

二人の男の間で揺れた自分を、美里は恥じる気持が強い。

思い切って、美里はジュッセン夫人に相談した。この明るくて、陽気なアメリカの老夫人は美里の髪を撫でて、なんでもなく答えた。

「美里、自分に理屈をつけるのは、およしなさい。人生は理屈じゃない。情感ですよ」

第一、と微笑の中にきびしいものをみせていった。

「あなたが、そうやってためらっている中に、もしも、ミスター犬丸が神に召され

るようなことがあったら、あなたはとり返しのつかないことになるのよ。人生は短い、大事にしなければ……」

その夜、美里は大介にあてて長い手紙を書いた。

十月十五日、ジュッセン夫妻は久しぶりに商用をかねてニューヨークに出た。

そして、犬丸大介は空港のゲイトを出たところで、温厚そうな老紳士に声をかけられた。

ニューヨークは晴れていた。

犬丸大介を乗せて、老紳士はニューヨーク市内を抜け、ハドソン河を渡った。

そのあたりから道は真紅の林に囲まれていた。

見渡す限り、からくれないの紅葉はまるで炎のようにハイウェイを取り巻いている。

道のすみに、ジュッセン氏は車を停めた。そこに、もう一台、車が停っている。

紅葉の林の中をジュッセン夫人が歩いて来た。笑いながら、犬丸大介へ告げた。

「わたし達のかわいい美里のために、プレゼントをしたいのです。これは私達の別荘の鍵、そして、これは地図……」

ウエストポイントに近い場所であった。

「すばらしいアメリカの紅葉の中で、あなた方の幸せをみつけて下さることを祈りますよ」

夫人は夫の車に乗った。

夫人の車は、二人のために残された。

夫妻が去ってから、大介は暫く、そこに居た。林の中から足音が聞えてきたのは、十分ばかり後であった。

林のむこうの店へ買い物に行かされた美里は食糧品の入った紙袋を抱えていた。

大介が立ち上り、美里が立ち止った。

二人の間に、眼も鮮やかな紅葉が燃えていた。

大介が美里へ向って歩き出した。

美里は棒のように立ちすくんでいる。だが、それも束の間であった。

美里の足も大地を走り出していた。大介も走る。

紅葉の林の中に二人だけの足音が近よった。

どこかで、小鳥のさえずりが聞えている。

ハドソン河のむこうに見渡せるニューヨークの町は、秋の陽の下にあった。

解説

伊東昌輝

この作品は、昭和五十年から、月刊誌『旅行読売』に連載され、五十一年十一月文藝春秋より出版、その年の十二月よりフジテレビ系列で始まった平岩弓枝ドラマ・シリーズの第一回作品として放映された。

この小説を書く直接の動機となったのは、月刊誌連載の始まる前年の春の旅行だったと、著者が私に語ってくれた。ロッテルダム号という三万八千トンの船に乗って三月下旬横浜港を出帆し、太平洋を横断してニューヨークの桟橋に着いたのは、それから三週間後の四月中旬だったが、ホノルル、アカプルコ、パナマ、マイアミとまるで真夏なみの陽気の所を通ってきたせいか、四月のニューヨークの寒さはひとしお身にしみた。

著者がニューヨークを訪問したのはこれが初めてで、道路やビルや公園の規模の大きさ、博物館や美術館の充実ぶりなど、ただただ眼を見張るばかりだったが、面白いことに『女の旅』の作者がニューヨークで最も感銘を受けた場所は、そのビルでも公園でも博物館でもなく、むしろ町を遠く離れたニューヨーク郊外の静かな自然のたたずまいだった。

この小説の中にも登場するウエストポイントは、アメリカ合衆国陸軍士官学校の所在地として世界中にその名が鳴り響いているが、実際は、ニューヨーク市北方約八十キロの緑溢れる田園地帯にあって、いかめしい軍学兵法の砦というよりは、静かに哲学や宗教学の研究をするのにふさわしいような場所だった。

ウエストポイントまでは車で小一時間程度のドライブだが、実は、そこに至るまでのハドソン河右岸のハイウェーの景色が素晴しく、これがあの世界一の大都市ニューヨークの近郊とはとても思えないような美しい風景だった。

この時の旅は、季節としてはまだ春の初めの感じで、案内をしてくれた人も、「この辺は、秋においでになると、一面の紅葉でそれは奇麗な眺めですよ」と語っていたが、著者はこの言葉から、真赤に紅葉した林の向うに浮かぶ巨大なマンハッタンのビル群をはっきりと頭に描くことができた。こんな場面を背景にした小説を書いてみたいと思った。

著者がニューヨークを再訪して、この紅葉を実見したのはそれから三年後の昭和五十二年秋のことだから、『女の旅』を書いた当時は、まだこの附近の本当の紅葉の色は知らなかった。本書の末尾に、

『犬丸大介を乗せて、老紳士はニューヨーク市内を抜け、ハドソン河を渡った。そのあたりから道は真紅の林に囲まれていた。見渡す限り、からくれないの紅葉はまるで炎のようにハイウェイを取り巻いている。……』

とあるのは、だから、実際の場面の描写ではなくて、著者の空想の中に生まれた風景だったのだ。

そういえば、作中のボストンに住むジュッセン夫妻というのも、ロッテルダム号の中で著者が親しくなった実業家夫妻の名前をそのまま拝借している。こちらのほうの実物は、銀髪、長身、初老の気さくなアメリカ人だった。世話好きで、お金持で、親日家の夫妻はなぜか著者を大変気に入って、航海中はまるで自分の娘のようになにくれとなく面倒をみてくれた。そんな思い出が、作品の中でも主人公の美里をアメリカの家に引き取るという形となってあらわれたのだろう。

この作品には、冒頭の平泉をはじめとして、国内国外の各地を多数舞台として登場させているが、これは著者が若い頃から旅行が好きで、暇さえあれば日本や外国を旅して歩いた結果である。最近は年に四、五回の割合で海外旅行にでかけているが、外国旅行ともなると十日や二週間は家を留守にしなければならないので、その間の仕事の処理でてんてこ舞いの大騒ぎだ。連夜の徹夜は当り前として、どうしても間に合わなかった分は飛行機の中に持ちこんで、みんなが酒を飲んだり映画を観たりしてくつろいでいる時に、必死でペンを走らせる破目になる。私の知るかぎり、往復の機内で原稿を書かなかったためしがない。

数年前のことだが、ハワイへ行く飛行機の中で五十枚程度の短篇小説を仕上げ、ホノルルのホテルで海にも入らず原稿を書き、そして帰りの機内でもテレビの脚本を一本書き上げて、空港で待機していたテレビ局の人に渡すのを目撃したことがあるが、これではいったいなんのためにハワイくんだりまで出掛けたのかと、たいそう疑問を感じた。

しかし、そんな思いをしてまで旅行に出たいという執念にはほとほと感心する。好奇心が強いというのか、何でも見てやろう精神が旺盛というのか、いずれにしてもよくよく旅行好きに生まれついているのだろうと思う。

（作家）

文春文庫

女《おんな》の旅《たび》

定価はカバーに
表示してあります

2011年2月10日　新装版第1刷

著　者　平《ひら》岩《いわ》弓《ゆみ》枝《え》
発行者　村上和宏
発行所　株式会社 文藝春秋

東京都千代田区紀尾井町3-23　〒102-8008
TEL 03・3265・1211
文藝春秋ホームページ　http://www.bunshun.co.jp

落丁、乱丁本は、お手数ですが小社製作部宛お送り下さい。送料小社負担でお取替致します。

印刷・凸版印刷　製本・加藤製本

Printed in Japan
ISBN978-4-16-771016-3